嘻哈版 故事会

徐顾洲/编

王子故事

WANGZi GUSHi

揭开"白马王子"成长之路

兵器工业出版社

图书在版编目（CIP）数据

王子故事：揭开"白马王子"成长之路／徐顾洲编.—北京：
兵器工业出版社,2013.1（2018.3 重印）

（嘻哈版故事会）

ISBN 978 - 7 - 80248 - 888 - 5

Ⅰ.①王… Ⅱ.①徐… Ⅲ.①儿童故事—作品集—世界

Ⅳ.①I18

中国版本图书馆 CIP 数据核字（2013）第 009504 号

王子故事：揭开"白马王子"成长之路

出版发行：兵器工业出版社

封面设计：北京盛世博悦

责任编辑：宋丽华

总　策　划：北京辉煌鸿图文化发展有限公司

社　　　址：100089　北京市海淀区车道沟 10 号

经　　　销：各地新华书店

印　　　刷：北京一鑫印务有限责任公司

　　　　　　（北京市顺义区北务镇政府西 200 米）

开　　　本：710mm×1000mm　1/16

印　　　张：13

字　　　数：125 千字

印　　　次：2018 年 3 月第 1 版第 2 次印刷

定　　　价：29.80 元

内容简介

每个男孩心中都有一个勇敢的王子梦，它充满正义与冒险，精彩奇妙。青春做伴好读书，小故事能读出大道理。在故事里，勇敢的王子们用力与美书写了一篇篇动人的传奇；在故事外，平凡的男孩也能感受到王子的精神。

男孩在成长中会有独特的心理需求，他们会幻想自己威风凛凛地驰骋在沙场，也可能化身为维护正义的武林大侠。但是男孩的世界真的只有这些吗？不！一个真正的王子不仅要有过人的胆识，更离不开一颗柔软的心。男孩子们在成长的过程中会经历很多事，力量并不是解决问题的唯一方式，成长的复杂过程更能够丰富他们的情感。

渴望更勇敢更优秀的男孩们，赶紧打开这本神奇的书吧，立刻跟随王子的脚步，一起去探险，去体会另一种人生。它会带领男孩们畅游想象的世界，感受人世间最难忘的真情。

第一章 合理的要求是训练，不合理的要求是磨炼——做一个坚强勇敢的王子

第二章 男子汉的精神财富——
做一个有优秀品格的王子

第三章 给自己制定更高的要求——
做一个自我完善的王子

第四章　相信自己，才会攻无不克——
做一个乐观向上的王子

嘻哈版 故事会

第五章 再难也要笑一笑——
做一个睿智机敏的王子

第一章
合理的要求是训练，
不合理的要求是磨炼——
做一个坚强勇敢的王子

负重前行才不会被风暴打翻

一艘空驶的货轮行驶在返航的途中，突然遭遇巨大风暴，危急时刻，老船长果断下令："打开所有货舱，立刻往里面灌水。"

往货舱里灌水？水手们惊呆了，担忧地问："这不是自找死路吗？"

老船长镇定地回答："大家见过有粗壮的大树被暴风刮倒吗？被刮倒的是没有根基的小树。"水手们半信半疑地照着做了。虽然暴风巨浪依旧那么猛烈，但随着货舱里的水越来越高，货轮渐渐地平稳了，不再害怕风暴的袭击了。

这时，船长告诉水手："一只空木桶很容易被风打翻，如果装满了水，风是吹不倒的。船在负重的时候是最安全的。"

心灵感悟

那些胸怀大志的人，时常会感到责任的压力，但正是这些"负重"才令前进的脚步更加稳健。

绝不在最后关头退缩

在马仑戈战役的前夕，拿破仑曾坐在营帐里久久凝视面前摊开的奥地利地图，思考着要如何在这场战争中活捉梅拉斯。但是，当马林果战役打响后，法军出乎意料地受到敌军强有力的抵抗，只剩招架之功，拿破仑精心筹措的胜利眼看要成为泡影。

正在法军败退之际，拿破仑手下的将领德塞带着大队骑兵驰过田野，停在拿破仑附近的一个山坡上。

在队伍中有一个小鼓手，他是德塞在巴黎街头收留的流浪儿。当军队站住时，拿破仑朝小鼓手喊道："击退兵鼓。"这个孩子却没有动。

"小流浪汉，击退兵鼓！""小流浪汉，击退兵鼓！"拿破仑气得大叫，而那孩子不仅没有听命反而向前走了几步，朗声说道："啊，大人，我不知道怎么击退兵鼓，德塞从来没有教过我。"

"怎么办？打败他们！要赢得胜利还来得及。来，小鼓手，敲进军鼓吧！"德塞下达了前进的命令。

不一会儿，队伍随着德塞的剑光，跟着小鼓手猛烈的鼓声，向奥地利军队奔去，他们不惜流血牺牲，把敌人打得一退再退。当炮火消散时，人们看到那个小鼓手走在队伍最前面，仍旧敲着激昂的进军鼓。

心灵感悟

永远前进，绝不退缩，直到获得人生的最终胜利，这才是一个真正坚强勇敢的王子。

放弃不等于懦弱

迈克·莱恩曾是一名出色的英国皇家探险队员。他的名字被很多人记住，是因为他的一次非凡壮举。

1976 年，他随英国探险队顺利登上了珠穆朗玛峰，但在下山的路上，他们却遇上了狂风暴雪。风雪一时半会儿没有停止的迹象，可他们的食品已所剩不多。如果停下来扎营休息，他们可能在下山之前就被饿死了；如果继续前行也面临着麻烦，此刻很多路标已经被积雪覆盖，他们可能要走许多弯路，队员身上背着沉重的增氧设备和行李，在这种困难的情况下体能消耗极大，也许他们不等饿死，就会因疲劳而倒下。

在整个探险队陷入迷茫的时候，迈克·莱恩率先丢弃所有的随身装备，只留下不多的食品——他决定轻装前行。

这一举动几乎遭到所有队友的反对，他们认为，下山最快也得需要 10 天时间，丢掉物资意味着 10 天之中不仅不能安营休息，还可能遭遇缺氧的危机，这是十分危险的。

然而迈克·莱恩坚定地告诉大家："我们必须而且只能这样做。这场暴风雪恐怕会持续很久，也许 10 天甚至半个月都不会好转，再拖下去，路标恐怕会被全部掩埋，那时，我们才真的走投无路。如果我们现在把所有的重物丢掉，就不会再抱任何幻想，唯一的出路只有走出暴风雪。轻装前进可以大大提高速度，只要我们有信心，就有生的希望！"

最终，队友们采纳了迈克·莱恩的建议，大家一路上与疲劳和寒冷战斗，互相鼓励、互相安慰，结果仅用8天时间便到了安全地带。而恶劣的天气正像他们预料的那样，一直持续了半个多月。

　　后来，伦敦国家博物馆的工作人员找到迈克·莱恩，请求他赠送一件与当年探险队登上珠穆朗玛峰有关的纪念物品，结果莱恩寄去了几个自己被冻掉的脚趾，以及一封短信：真正的勇士，是那些关键时刻敢于放弃的人。

心灵感悟

　　坚持固然是好的，但吝惜小的东西，也许反而会失去大的东西；对眼前"拥有"的贪恋，可能使将来遭遇更大的损失。迈克·莱恩虽然失去了几个脚趾，但保住了生命，这正是因为他能够勇敢地放下。

勇敢面对生活的风险

一个灵魂即将转世，他请求上帝让他拥有一个最好的选择。上帝对他说："那好吧，你去做人吧。"

灵魂想了想，问道："做人有风险吗？"

"有，人与人之间的尔虞我诈防不胜防，做人可能会遭遇别人的诬陷诽谤甚至残杀，还可能遇到天灾疾病……"上帝回答。

"那就换一个吧！"灵魂不等上帝说完便拒绝了这个选择。

"那就做马吧！"

"做马有风险吗？"

"有，受鞭笞，遭宰杀……"

灵魂对这个选择也不满意，又要求换一个。换成老虎，得知老虎也有风险；再换成植物，植物也存在风险。灵魂想了又想，觉得只有上帝是没有风险的。于是就对上帝说："啊，上帝，我想只有待在您的身边最稳妥了，求您让我留下吧。"

上帝哼了一声："我怎么没风险，世间那么多愿望得不到实现，而我总是被责问。"

心灵感悟

生活不可能永远一帆风顺，任何时候都可能存在着风险，勇敢地面对各种磨炼才是王子最好的选择。

在苦难中保持清醒

战国时期著名的思想家列御寇，被人们尊称为列子。他的家庭非常贫困。有一次，家中的粮食快没了，因为没有钱买，他们每次就少吃一些，好些天没吃过一顿饱饭。他的妻子平时去挖一些野菜，他们夫妻就靠这些野菜充饥，夫妻二人都饿得面黄肌瘦。

列子挨饿的事被郑国宰相的一个门客知道了。这个门客对郑相子阳说："列御寇这个人是个有道术的贤人，他居住在相国您执政的郑国都城里，却穷困不得志，这些天，更是饿得面黄肌瘦，相国，您要是不管他，就要落个不重视贤才的名声了！"

当时，各国的掌权人都千方百计地笼络有才能的人士，郑相子阳也不甘落后。他听到门客说了列子挨饿的事，虽然自己并不了解列子的为人，但是为了博取一个重视贤才的美名，也要帮助列子一把。于是，郑相子阳就派官吏给列子家送去一车粮食。

列子听到门外有车马的声音，出来一看，是位官吏带着一车粮食停在门口。列子询问官吏的来意，得知后，拜了两拜，谢绝了郑相子阳赠送的粮食。官吏没办法，只好带着粮食回去了，并向郑相子阳如实汇报了事情的缘由。

官吏走后，列子回到屋内，妻子问他发生了什么事，列子如实告诉了自己的妻子，妻子顿时捶胸顿足，埋怨列子说："我听说做了有道术人的妻子，都能过得安逸快乐，现在我却饿得面黄肌瘦。相国关心您，想赠送给您粮食，您却谢绝了相国的好意，不肯接受，难道我命里注定要受穷挨饿吗？"

列子笑了笑，对妻子劝说道："郑相并不了解我的为人。只是因为听了别人的话才赠送给我粮食，而且他赠送我粮食，并不是重视我的才能，而是为了自己的名声，如果是这样，今后他也会因为听信别人的话而怪罪我、整治我。这就是我不肯接受他馈赠的原因。"

妻子没有理解列子的意思，又絮絮叨叨地说："看看你的穷样吧，从来就没有发达过。人家别人想巴结相国还巴结不上呢，你却把相国的一番好意拒绝了！"

列子说："接受了人家的馈赠，当人家有难的时候，你不以死相报，便是不义的人；如以死报效他，是为无道义的人而死，这难道算是讲道义吗！"

后来，人们果然起兵造反了，郑相子阳被杀死，而列子因为当初没有接受郑相子阳的收买，避免了一场杀身之祸。

心灵感悟

吃人家的嘴软，拿人家的手短。接受他人馈赠时要坚持自己的原则，不可无原则地随便接受。

左眼眨出来的书

　　法国记者博迪因为心脏病发作，导致四肢瘫痪，并且丧失了说话的能力，全身唯一能动的就是左眼。在病倒前他已经构思好的一部作品还没有写出来，但面对现在的困境他依然决定把它完成并出版。于是出版商派了一个笔录员来做他的助手，每天工作 6 小时，笔录下他的著作。

　　博迪只能够眨眼，所以他只能眨动左眼来和助手交流。他们采取了这样的方法：助手按顺序读出法语字母，博迪则通过眨眼来进行选择。由于博迪是靠记忆来判断词语的，所以经常出现差错。刚开始，他们遇到了很多障碍和麻烦，进展非常缓慢，一天顶多只能录一页，后来慢慢增加到三页。经过几个月的艰辛，他们终于完成了这部著作。

　　这本书的名字叫《潜水钟与蝴蝶》，共有 150 页。有人粗略估计了一下，为了写这本书，博迪的左眼眨了 20 多万次。

心灵感悟

　　一个人只要有了坚定的决心和坚韧的毅力，就没有什么办不到的事情。别人眼中的灾难，对他们来说只是一次考验。

上帝的钟爱

彼得从小双目失明，那时候他还不知道自己与别的孩子有什么区别。等他长大以后，他明白自己从未看到过世界，也将永远看不到世界。

"上帝，为什么要这样对我？难道是我做错了什么吗？"彼得常常怀疑自己是否因为做错什么才遭到命运的惩罚。"我看不到小鸟，看不到树木，看不见颜色。失去了光明，我还能干什么？"

他的亲人和朋友，还有许多好心人都来关怀他，照顾他。每天走在上学的路上，总会有认识或不认识的同学来搀扶他。但彼得把这一切都看成是别人对自己的同情和怜悯。他并不愿意一直这样被当成弱者，而受到同情和怜悯。

直到有一天，一件事情改变了他对世界的看法。那是一位新来的老师告诉他的一句话："世上的每个人都是被上帝咬过一口的苹果，都是有缺陷的。有的人缺陷比较大，是因为上帝特别喜爱他的芬芳。"

"我真的是上帝咬过的苹果吗？"彼得将信将疑地问老师。

"是的，上帝一定是格外喜欢你的。所以你一定要振作起来，因为上帝肯定不愿意看到他喜欢的苹果在悲观失望中度过自己的一生。"老师轻轻地回答道。

老师的话让彼得找到了力量，从此他把失明看作是上帝对自己的特殊钟爱，开始对生活有了热情。

心灵感悟

残缺与不足未必是摧毁一切的灾难，只要我们不放弃生活，生活就不会放弃我们。

在绝望中寻找希望

华罗庚中学毕业后，因家里负担不起他高中的学费，被迫失学。回到家乡后，他在帮父亲干活的同时，没有放下自己的学业，他开始自学。没想到，他突然患了伤寒，生命垂危。由于得不到很好的治疗，他在床上躺了半年，病才算痊愈，但他却因这一场病落下终身的残疾，他的左腿因关节变形无法走路，瘸了。只有 19 岁的他，迷茫、困惑，近似绝望的时候，他想起了著有《孙膑兵法》的孙膑，一个双腿受刑的残疾人。"古人尚能身残志不残，我才 19 岁，更没有自暴自弃的理由了，我要做到用健全的头脑代替不健全的双腿！"华罗庚决定要和命运顽强地抗争。

白天，华罗庚拖着病腿，忍着剧痛，拄着拐杖继续帮父亲干活；晚上，他在油灯下自学到深夜。1930 年，他的论文在《科

学》杂志上发表了，这篇论文惊动了当时清华大学数学系的熊庆来教授。他聘请了华罗庚当助理。来到清华大学，华罗庚一边做助理，一边在数学系旁听，还在四年的时间里自学了英语、德语、法语。他25岁时，已经成为国际知名的青年学者了。

心灵感悟

在遇到困难和挫折时，自尊自信的人，能够奋发向上，自强不息，征服挫折和失败，在挫折与失败中获得成功。

再坚持一次就是成功

约翰逊出生在美国一个贫寒的黑人家庭，但他从小就立志要成为一名出色的出版商。

23 岁那年，约翰逊向着自己理想的目标迈出了关键的一步。他以母亲的家具作抵押，得到了 500 美元的贷款，然后独自在芝加哥开办了一家杂志社，创办了一份名叫《黑人文摘》的杂志。

约翰逊经过精心策划之后，决定以"假如我是黑人"为题刊登一系列文章，进而为他的《黑人文摘》开辟市场。他相信，如果能邀请罗斯福总统的夫人来写一篇这样的文章效果会非常好。于是，他便给总统夫人写了一封信。总统夫人在回信中婉言拒绝了，但她没有说不愿意写，只是说太忙没有时间写。

约翰逊没有灰心。过了一个月，他又给总统夫人写了一封信。总统夫人又回了信，理由还是自己太忙。之后的每个月，约翰逊都会给总统夫人写信，而且言辞愈发诚恳。尽管总统夫人总是回信说，忙得连一分钟的空闲时间都没有。

约翰逊屡战屡败，但他依然相信，只要诚心诚意地继续坚持请总统夫人撰稿，总有一天她会被感动，总有一天她会挤出时间撰稿。

有一天，约翰逊在报上看到总统夫人将要来芝加哥的消息，决定再试一次。他又给总统夫人发了约稿信，问她是否愿意在这个时候给《黑人文摘》写一篇文章。总统夫人不知道是因为被他的诚意打动，还是因为确实有些空闲时间，总之这一次她接受了约翰逊的约稿。

　　总统夫人的文章在《黑人文摘》上发表后，杂志的发行量一下子从 5 万份猛增到 15 万份。这成了约翰逊事业走向成功的转折点。

心灵感悟

　　不要害怕失败，失败不是终点，它只是一次尝试的结束。再坚持一下，也许就会是下一个成功的开始。

征服珠穆朗玛峰的启示

第一位向珠穆朗玛峰发起挑战的是英国人马洛瑞，从 1921 年开始，他三次带队攀登珠峰都以失败告终，更可惜的是，他本人也在第三次登山中失踪。

马洛瑞的不幸并没有吓倒这些登山队员，他们在媒体面前激动地表达了征服珠穆朗玛峰的决心，他们的信心来源很简单——人们会不断地成长、进步，至于珠峰，就只有这么高而已！它可以打败人们一次、二次、三次，但它不会长高，而人却会在一次次的失败后更加强大。

接下来的四次攀登仍未成功，没关系还有第五次，第五次失败了还有第六次……直到 1953 年 5 月 29 日的第八次冒险，一个新西兰人和一个尼泊尔人终于成功地登上了珠穆朗玛峰顶。他们是第一次登顶珠峰的人。

心灵感悟

历经 32 年，人类终于征服了这座地球上最高的山峰。相信我们在生活中遭遇的挫折肯定比攀登珠穆朗玛峰要简单，没关系，只要不泄气，继续向目标前进，就一定会成功。

逃避不是办法

　　一群即将从航海学校毕业的学生被分配到一艘货轮上实习，一天中午天气突变，阴云翻滚，他们明白这是遇到台风了。海面上顿时卷起滚滚恶浪，学生们没见过这种场面，十分惊恐。

　　经验丰富的船长安慰他们说："在海上遇到台风是很平常的事，不用害怕。"然后向他们讲起自己的经验，"遇到这种情况，首先应该关紧门窗，之后以最快的速度迎向台风，因为这样距离最短，也只有这样才能尽快摆脱台风的威胁。"

　　学生们不解地问道，"为什么不掉头？绕过台风不行吗？"

　　船长笑了笑，接着说："想掉头逃跑是不可能的，因为船的速度是无论如何也没有台风快的，一下子就会被台风追上来；转弯绕开更不可行，当船以侧面迎向台风时，只要被巨浪一卷就会翻了。"

心灵感悟

　　遇到危机和困难的时候，逃避不是办法，只有全力以赴、迎难而上才是彻底解决麻烦的方法。

别害怕尝试

从前有一个不会游泳的人，他想向一位水手学游泳。

水手告诉这个人，游泳是件非常简单的事情，并保证他很快就能学会的。于是这个人就跟着水手来到了海边。

到了沙滩上，水手看着一望无际的大海立刻兴奋起来，毫不迟疑地冲进了水中。而那个不会游泳的人却呆坐在沙滩上，完全没有下水的打算。水手冲他喊道："来啊，快过来，你不是想学游泳吗？"

这个想学游泳的人却说："我还没有学会游泳，怎么能下水呢？这样太危险了，我只能等学会游泳后再下水。"

结果很简单，这个人一辈子也没有学会游泳。

心灵感悟

我们一生需要学习的东西很多，若是一味地害怕、退缩，不敢尝试，终究将一事无成，就像不下水，永远都学不会游泳一样。

每个人都有坚强的臂膀

一天，5岁的乔在大街上玩耍，由于玩得太起劲忽略了周围的安全，他被飞驰而来的卡车撞倒了。经过医生的全力抢救，他的命虽然保住了，可双臂还是被截掉了。

两年后，乔到了该上学的年纪。但是，因为肢体残疾，他不能像其他同学们那样正常地学习生活，于是他只能继续留在家里。

每天早晨，伙伴们不再来找乔玩耍，而是要去学校。看着大家高兴地从自己家门前经过，乔感到十分伤感，他问妈妈："我没了手臂，该怎么办呀？"妈妈拍拍他的肩膀，慈爱地说："孩子，不要着急，只要你坚持锻炼，手臂还会再长出来的。"听完母亲的话，乔脸上露出了灿烂的笑容，从此，有一个希望埋在了他的心里。

在妈妈的帮助和指导下，乔逐渐开始了艰苦的锻炼过程，他学会了用脚洗脸、吃饭、写字，以及做一些在自己能力范围内的事。虽然锻炼的过程充满痛苦，但乔从没有想过放弃，他坚信只要努力练习，失去的双臂会再长出来。他对妈妈的话深信不疑。

可当好几年过去了，乔的袖口依然是空荡荡的。他感到有些疑惑，禁不住问妈妈："为什么我的双臂还没有长出来呢？是不是我不够用心？"

这一次，妈妈的眼神充满了泪水，她温柔又怜惜地说道："孩子，别人用胳膊和手做的事情，你不也都做得到吗？这不就等于你的双臂重新长出来了吗？"

乔想了想，自豪地说道："是的，我用脚代替了胳膊和手，而且，有的事情比其他人做得还要好呢！"

乔明白，妈妈说得很对，经过不断的训练，他失去的双臂的确"重新长出来了"。之后，乔不仅顺利地进了学校，还获得了不错的成绩，每当他遇到困难都会用无形的双臂推开阻拦。最终乔考上大学，并拥有了美满幸福的人生。

心灵感悟

　　每个人都有一副坚强的臂膀，只要我们愿意，它就能帮助我们战胜一切困难和挫折。

与命运抗争

巴雷尼小的时候得了一场重病，后来，病是治好了，身体却因病落下了残疾。母亲看到幼小的他已经失去了做一个正常人的权利，心像刀绞一样疼，但她强忍住自己的悲痛，没有在孩子面前表现出来。她认为，孩子已经这样了，这个事实现在是改变不了的，怨天尤人没有用，可怜心疼他也不是个办法，他现在最需要的是鼓励和帮助，而不是妈妈的眼泪。

母亲来到巴雷尼的病床前，拉着他的小手说："孩子，妈妈相信你是个意志坚定的的人，我希望你能用自己的双腿，在自己的人生道路上勇敢地走下去！你能答应妈妈的要求吗？"母亲的话撞击着巴雷尼的心扉，他也很难受，"哇"地一声扑到妈妈怀里大哭起来。

之后，只要妈妈一有空，就同巴雷尼一起练习走路，让巴雷尼做体操锻炼自己的灵活性和力量，两人都常常累得满头大汗。有一次，妈妈身患重感冒，但觉得自己是做母亲的，应该言传身教，所以不顾自己发着高烧，还是按计划帮助巴雷尼练习走路。她拖着疲惫的身体，咬着牙，帮巴雷尼完成了当天的锻炼计划。

由于身体残疾，巴雷尼的身体得不到全面锻炼，但妈妈为她设计的体操帮他恢复了身体其他部位的运动，不仅如此，母亲的榜样作用更是深深教育了巴雷尼，使他经受住了命运给他的残酷打击。上学后，他刻苦学习，成绩一直在班上名列前茅，以优异的成绩考入维也纳大学医学院。大学毕业后，他在继续攻读医学的同时，致力于耳科神经学的研究。最后，终于登上了诺贝尔奖的领奖台。

心灵感悟

伟大人物最明显的标志，就是坚强的意志。坚强者能在命运之风暴中奋斗，自强能引导人走向幸福。

不要习惯你的弱者角色

上天完全是为了坚强我们的意志，才在我们前进的道路上设下重重的障碍。

亚历山大是美国一家公司的总经理。有一天，亚历山大刚从办公楼里走出来，就听见身后传来"嗒嗒嗒"的声音，他听出那是盲人用竹竿敲击地面发出的声响。果然，一位盲人随即向他推销打火机。

亚历山大掏出一张百元美钞递给对方，并表示不用找了。盲人激

动地一把拉住他，好像找到了知音，"您知道吗，我并不是天生失明的，都是20年前化工厂的那次事故所赐！那简直是噩梦，实在太可怕了！"

亚历山大心中一震，问道："你是在那次化工厂爆炸中失明的吗？"

盲人连连点头："是啊。当时的情况很危险，火一下子冒了出来！逃命的人群都挤在一起，我好不容易冲到门口，可一个大个子在我身后大喊着'让我先出去！我还年轻，我不想死！'。然后把我推倒，踩着我的身体跑了出去！我摔倒后失去了知觉，等我醒来，就成了瞎子，命运真不公平啊！"

"事实恐怕不是这样吧？"亚历山大冷冷地说："我当时也在那家化工厂当工人，我就是那个被你推倒的人！你说的那句话，我永远都忘不了！"

盲人一惊，用空洞的眼睛呆呆地"望"着亚历山大。他静静站了好长时间，突然一把抓住亚历山大，"这就是命运啊！不公平的命运！你现在出人头地了，我却成了一个没有用的瞎子！"

亚历山大用力推开盲人的手，用自己的手杖敲了敲地面，平静地说："你知道吗？我也在事故中失明了。只是你相信命运，可是我不信。"

心灵感悟

命运会把成功的机会留给那些即使身处风雨之中，仍然昂首向前的人，因为从他们身上那股新生的希望和蓬勃向上的顽强生命力，是连命运也会为之动容的。

在风雪中韬光养晦

在一户人家的花园里，种着一棵无花果树和一棵松树。

松树轻蔑地看看自己的邻居，嘲笑它说："等到冬天，你的叶子会落个精光，光秃秃的树枝真难看，哪比得上我四季长青。"

无花果树并没有反击，只是继续生长，默默壮大。

到了秋天，无花果树开始落叶，又没过多久，一场大雪降临了。

由于松树身上都是翠绿的叶子，雪全堆在了上面。很快松树就开始吃不消，只能艰难地喘息。

又过了些日子，雪化了又结成了冰，重量更大了，可怜的松树终于支撑不住——它的树枝被压断了。而无花果由于叶子已经落尽了，雪穿过空荡荡的树枝飘落在地上，反而平安无事。

心灵感悟

遭遇一时的失意不算什么，或许此时正适合韬光养晦，好抵御未来更猛烈的风雪。

让失败改变方向

在美国缅因州，有一个伐木工人叫巴尼·罗伯格。

一天，他正在砍伐的大树突然倒了下来，他的右腿被沉重的树干死死压住，血流不止。面对自己伐木生涯中从未遇到过的失败和灾难，他立刻问自己："我该怎么办？"

此时此刻，他面临着一个严酷的现实：方圆几里内没有村庄和居民，短时间内不会有人发现他；而以自己的伤势来看，等不到别人来这里他就会因为失血过多而死亡。

他不能等待，必须想办法自救。他用尽全身力气抽腿，可怎么也抽不出来。他摸到身边的斧头，想要砍树。但因为用力过猛，没砍几下斧柄就断了。

他向四周望了望，发现在不远的地方，放着他的电锯。他想办法用断斧柄够到了电锯，想把压着腿的树干锯掉，可树干是倾斜的，一旦拉动锯子，树干就会把锯条死死夹住。

正当他几乎绝望的时候，忽然头脑内涌出一个大胆的决定：把自己被压住的大腿锯掉！他当机立断，忍着剧痛毅然锯断了自己的大腿，终于成功地拯救了自己的生命。

心灵感悟

人生免不了失败。失败降临时，最好的办法当然是阻止、克服，甚至扭转，如果不行就换一种思维，设法让损失减小，在失败中寻找成功。相对于死亡而言，这个伐木工仅失掉的仅是一条腿，何尝不是成功和胜利呢？

南瓜和铁的较量

美国麻省的一所学院进行了一个很有意思的实验：实验人员用很多铁圈将一个小南瓜整个箍住，以观察它逐渐长大时，能抗住由铁圈给予它的多大压力。

最初，实验员估计南瓜最多能够承受500磅（1磅=0.453千克）的压力。在实验的第一个月，南瓜就承受了500磅的压力；当实验进行到第二个月时，这个南瓜已受到1500磅的压力；当它承受到2000磅的压力时，研究人员开始对铁圈进行加固，以免南瓜将铁圈撑开。

最终当南瓜承受的压力超过5000磅的时候，瓜皮才因为巨大的反作用力产生破裂。

实验员取下铁圈，费了很大的力气才打开南瓜。这个南瓜已经无法食用，因为试图突破铁圈的重重压迫，南瓜中间充满了坚韧牢固的层层纤维。为了吸收充分的养分，以便于提供向外膨胀的力量，南瓜的根系总长甚至超过了8万英尺（1英尺=0.3048米），所有的根不屈地往各个方向伸展，几乎穿透了整个花园的每一寸土壤。

心灵感悟

通常情况下，我们无法想象一个南瓜能承受如此大的压力，就像我们身处顺境时也无法想象自己到底能迸发出多少潜力。生命的潜能永远大于我们对它的估计，只要我们相信自救。

磨难成就天才

　　有人说，上帝像个精明的生意人，给你一份天才，就搭配几倍于前的苦难。这句话用来形容小提琴家帕格尼尼实在是最合适不过。

　　帕格尼尼的一生充满苦难。4 岁时一场麻疹，使他差点被装进棺材；7 岁时险些死于猩红热；13 岁患上严重肺炎，不得不大量放血治疗；40 岁牙床突然长满脓疮，只好拔掉大部分的牙齿，牙病刚愈，又染上了可怕的眼疾，幼小的儿子成了手中拐杖；50 岁后，关节炎、肠道炎等多种疾病一起来吞噬他的肌体。后来他连声带也坏了，与人沟通只能靠儿子看他的口型翻译给别人。

57 岁时，他终于口吐鲜血而亡。可怜的帕格尼尼即使死后尸体也备受磨难，先后搬迁了 8 次。

　　他是一个不幸的人，同时也是一位音乐天才。3 岁学琴，12 岁就举办首场音乐会，并一举成功，轰动舆论界。之后他的琴声遍及法、意、奥、德、英、捷等国。他的演奏使帕尔玛首席提琴家罗拉惊讶地从病榻上跳下来。他的琴声使卢卡观众欣喜若狂，赞誉他为共和国首席小提琴家。在意大利巡回演出产生神奇效果，人们到处传说他的琴弦是用情妇的肠子所制，又有魔鬼对他暗授妖术，所以才能演奏出充满魔力的音乐。歌德评价他"在琴弦上展现了火一样的灵魂"。李斯特则大喊："天啊，在这四根琴弦中包含着多少苦难、痛苦和受到残害的生灵啊！"

心灵感悟

　　真正的强者，不是在顺境中一路狂奔的人，而是能够从逆境中找到光亮的人。困难和顺利对我们一样有价值，因为它是让我们更加强大的唯一途径。

飞出沙漠的鸟

这是沙漠中仅存的一片小绿洲，这片小树林里生活着数十只鸟儿，他们艰难地生活在这里，食物和水都很有限，但就是这么一个不适合生存的地方也快要没有了。

随着环境恶化，大家的栖息地越来越小，小树林随时都有可能被风沙淹没。一只鸟儿看着这样的情形，便想离开。于是它便对其他的鸟儿说："我们不能在这里等下去了，我们应该离开这里，寻找新的家园。"但是它的提议没有得到其他鸟儿的认同，它们认为四周都是沙漠，离开这里等于自寻死路，虽然这块绿洲很小，不过还是安全的。

这只小鸟因为意见不被大家接受而黯然神伤，决定独自离去。它竭尽所能，经过十几天艰难的飞行，终于在筋疲力尽前找到了一片广阔的绿洲，它在枝头欢快地跳了起来……

而其他依旧待在小绿洲中不肯离开的鸟儿，在经过几次风暴后，终于同树林一起被风沙埋葬了。

心灵感悟

没有任何人或环境能够让我们依赖一辈子，只有走出温室，勇敢地经历风雨的磨砺，才能使自己更好地成长。

坚忍不拔的穷孩子

　　亨利的父亲早早过世了，留下了他和一个两岁大的妹妹，母亲为了这个家终日操劳，直到晚上仍不能休息，即便她这样辛苦，家里依然入不敷出。看着母亲日渐憔悴的脸庞，亨利决定帮妈妈赚钱养家。

　　一天，他帮助一位先生找到了丢失的笔记本，那位先生为了答谢他，给了他1美元。亨利用这1美元买了3把鞋刷和1盒鞋油，还自己动手做了个木头箱子。周末，带着这些工具，他来到了街上开始为别人擦皮鞋："先生，我想您的鞋需要擦油了，让我来为您效劳吧？"

　　第一天他就赚了50美分，并用这些钱买了一些食品。

　　"你真的长大了，亨利。虽然我们还没有足够的钱过上幸福的生活，但是我相信我们将来一定可以过得更好。"妈妈望着懂事的儿子流下了高兴的泪水。

　　就这样，亨利平时去学校上课，周末则靠给人擦皮鞋挣钱养家。他知道，"工作不分贵贱，只要是靠自己劳动赚来的钱就是光荣的"。

心灵感悟

　　一个勇敢的男子汉，愈为环境所困，反而愈发坚强。他敢于面对任何困难，也不害怕任何阻碍和苦难。因为这些痛苦和困难，非但伤害不了他，反而可以增强他的意志、力量与品格，而使他成为真正的王子。

第二章
男子汉的精神财富——
做一个有优秀品格的王子

赞美别人也是一种信念

赞美别人也是做人的一种信念，而且还是一种改变人与人之间关系的美好愿望。

一个犹太人和他的朋友搭车去伦敦。下车时，这个犹太人对司机说："非常感谢，搭你的车十分舒适。"司机愣了一下："你是在嘲笑我吗？""不，不，其实我很佩服你在交通顺序混乱时还能沉得住气。"司机于是没再说什么，就驾车走了。"你干嘛这么说？"朋友有些疑惑地问道。"没什么，我只是想让人们多点人情味而已。"

"可是靠你一个人的力量又怎么办得到呢？""我相信一句小小的赞美就可以让那位司机一天都保持愉快的心情。如果他今天载了10位乘客，而这些人也受到了司机的感染，那么他们也会对周围的人和颜悦色。这样以来，我的好意甚至可以用这种方式传递给500多人呢，不错吧？""但你怎么知道司机会照你的想法去做呢？""我并没有寄希望于他啊，我只是习惯于多对人和气，多赞美他人。""但是你这样做又有什么效果呢？""就算没效果我也没有损失呀！开口称赞那司机又花不了我几秒钟。如果那人无动于衷，那也无妨，但我明天还会再称赞另一个司机呀！""但光靠你一个人有什么用呢？""我常告诉自己千万不能放弃，让这个社会更有人情味原本就不是一件简单的事，我能影响一个就一个，能影响两个就两个……"

心灵感悟

把赞美别人作为一种做人的信念，把赞美别人当成一种改善人与人之间关系的美好愿望，其实这并不容易做到，而是需要拥有上帝一样宽广的胸怀，也需要拥有圣人一样博爱的精神。

老禅师的宽容

古代有一位老禅师。一天晚上，他在禅院里散步，突然发现墙角有一张椅子。禅师立刻明白了：这肯定是有人不遵守寺规，翻墙出去玩了。于是，老禅师便搬开椅子，并蹲在原处守候。

一会儿，果然有一个小和尚翻墙而入。在黑暗中，小和尚还不知不觉中踩着禅师的背脊下到了地面。就当他双脚落地的同时，他才发觉刚才踩的并不是椅子，而是自己的师父，小和尚顿时大惊失色。

但出人意料的是，老和尚并没有大声呵斥他，而是以平静的语气说："夜深了，很冷，快去多穿件衣服吧。"

小和尚心理既感激又羞愧，回去后就把这件事告诉了其他的师兄弟。

从此以后，再也没有人夜里翻墙出去玩乐了。

心灵感悟

宽容和理解是能够缩短人与人之间的距离的。宽容的本质是一种空间，这个空间越广大，人与人之间就会越和谐。因此，一个性格宽容的人，无论到哪里都可以契机应缘，和谐圆满，微笑着对待人生。

善意的谎言是美丽的

去信任少数人，不去害任何人，去爱任何人。

一天，一个刚做完复明手术的孩子摸索着来到了医院的后院里。他一边担心手术不成功，一边又在黑暗中幻想着将要看到的五彩世界。这时，一片树叶飘到了他的头上，他把他拿到手里，小声说了一句："这是杨树叶，还是……""是杨树叶。"一个低沉的声音说道，同时他感到有一双大手摸到了他的脸。他顿时感到心里一阵暖意："请问伯伯，这个世界真的是多姿多彩的吗？"

"当然，天空是蓝色的，远处的山是雄伟挺立的，天空的云朵是洁白可爱的，水面上浮着的是粉红的荷花，还有碧绿的荷叶。还有那边不知是谁在放的风筝。听！这树上有小鸟在歌唱，听见了吗？孩子！""我听见了！"与此同时，盲童的脑海中出现了一幅幅美丽动

心灵感悟

美丽谎言的目的不是损害别人的利益，而是为了给困境中的人们送去最温暖、最及时的安慰。正因为它是善意的，所以它才不违背做人的原则，反而闪耀着爱的光芒，给每一个人送去坚强的力量和继续活下去的勇气。

人的画面。忽然孩子抓住老人的手问道："伯伯，我的眼睛真的能治好吗？""当然能，一定能！孩子，只要你认真配合医生的治疗，就会好的。""真的？""真的！"

不久之后，盲童终于看到了光明。于是，他迫不及待地跑到后院，一心只想把这个好消息告诉那位慈祥的伯伯。可是，一进后院他就愣住了。原来那里只有一堵残墙和一棵老树。晚秋冷风中孤独地坐着一位老人，他的身边同样也放着一根探盲棒。此时的老人正捧着一片杨树叶，低低地诉说着什么。

生命因为友情而变得坚强

共享苦难，可以增加友谊的光辉；分享友谊，能够将失败带来的打击降低到最低程度。

有一位名叫布什的少年，他10岁的时候因为输血而不幸染上了艾滋病，从此伙伴们就都躲着他，只有大他几岁的拉丁依旧像从前一样跟他玩耍。一个偶然的机会，拉丁在报纸上看到一则消息，说费城的胡医生发明了一种能治疗艾滋病的药物，这让他兴奋不已。在一个阳光明媚的早上，拉丁就悄悄地带上布什踏上了去费城的路。

为了省钱，他们两人晚上就睡在随身带的帐篷里，布什的病越来越重了，从家里带来的药也快吃完了。一天夜里，布什冻得直发抖，他用微弱的声音告诉拉丁，他梦见数亿年前的宇宙了，那里的星光无比暗淡，让他找不到回来的路。拉丁听后

就把自己的鞋塞到布什的手上，说："想想拉丁的臭鞋还在你手上呢，我，拉丁肯定就在你附近。"

孩子们身上的钱终于都花完了，可是费城还是那么遥远。布什的身体越来越弱了，拉丁不得不放弃他们的计划，带着布什回到了家乡。此后，拉丁依然经常去医院看布什，他们有时甚至还会玩装死的游戏吓唬医生和护士。

一个秋日的下午，灿烂的阳光照在小布什瘦弱苍白的脸上，拉丁问他想不想再玩装死的游戏。布什点点头，然而这次，布什却没有在医生关切的眼神中忽然睁开眼笑起来，原来，他真的死了。

事后，拉丁陪着布什的妈妈回家。两人一路无话，直到分手的时候，拉丁才哭泣着说："我真的很难过，没能为布什找到治病的药。"布什的妈妈哭着说："不，拉丁，你找到了。"说完她紧紧地搂着拉丁，"你给了他一只鞋，他一直为有你这个朋友而快乐满足。"

心灵感悟

生命中，我们需要两种东西的慰藉，一种是爱情，而另一种就是友情。其实在友情中，对我们帮助最大的也许并不是朋友们的物质帮助，而是我们坚信能得到朋友们帮助的信念。如果说友情可以调剂人情感的话，那么友情的另一种作用则无疑是可以医治受伤的心灵，安慰孤独的人，为之带来永恒的希望。

被信赖的幸福

　　一艘正在大西洋中行驶的货轮上，一个在船上做勤杂工的孩子一不小心掉进了波涛汹涌的大海。孩子大声呼喊，无奈海上风大浪急，船上的工作人员谁也没有听见他的呼救，他在冰冷的水里，眼睁睁地看着货轮越来越远。求生的本能让他在海里拼命地向货轮游着，但船还是越来越远，他在水中见船身越来越小，到后来，连船都看不见了，只剩下一望无际的海。

　　孩子筋疲力尽，实在游不动了，他想放弃，想把自己永远沉入海底了。伤心之时，他想起了老船长那张慈祥的脸。"不！我不能放弃！船长一定会发现我掉进海里了，一定会来救我的！"想到这里，孩子的身体好像又重新充满了力量，他努力朝着船的方向游去。

　　船长终于发现那孩子不见了，他断定孩子掉进海里了，马上下令返航，回去找孩子。这时，有的船员过来劝船长："都这么长时间没看见他了，就算他没有被淹死，也会让鲨鱼吃了的，我们不可能在这么大的海里找到他，回去会耽误航程，不划算啊！"船长犹豫了一下，但还是决定回去找孩子。这时又有人说："就为一个下等的勤杂工，值得吗？"听到这句话，船长大喝一声："给我住嘴！"他亲自调转船头，往反方向驶去。

　　终于，在那孩子就要沉下去的时候，船回来了，船长在海中找到了他，并把已经神志模糊的他救了上了。

孩子醒来后，激动地跪在地上感谢船长的救命之恩，船长扶起孩子，同样激动地询问："孩子，这么长的时间，你是怎么坚持下来的？"

　　孩子回答："我心中有一个信念，我知道，我知道您一定会来救我的，一定会来的！"

　　"那你怎么就这么肯定，我一定会去救你呢？"

　　"因为我了解您，我知道您是这样的人！"

　　听到这里，年迈的老船长再也忍不住内心的激动，泪流满面："孩子，你是如此信任我，我真为我在那一刻的犹豫而感到耻辱。"

心灵感悟

　　一个人能被他人相信是一种幸福。他会在绝望时想起你，而这种信念拥有巨大的能量，能拯救一切。

乔治与樱桃树

　　乔治的家是一个很大的庄园，庄园中有一个果园，每到收获的季节，绿色的植物上有的挂满了硕大的苹果，有的挂满了红色的樱桃，还有橘子、葡萄……一进果园就能立刻感受到丰收的喜悦。

　　一天，小乔治在工作间里玩耍，他发现了一柄崭新的斧子。他觉得这把斧子是一件很好的玩具，于是便带着它跑进果园。小乔治用这把斧子削小草、砍树枝，感觉玩得真带劲。玩着玩着，他突然间想起小时候，父亲总是抡起斧子，砍倒大树，用木材制造家具。想着想着，他就产生了一个好奇的想法：父亲能抡起斧子砍倒大树，那么我能不能抡起斧子砍倒小树呢？"一抬头，正巧看见他前面不远处就有一棵跟自己手腕差不多粗细的小樱桃树，于是小乔治兴奋地跑过去，抡起斧头就砍，"1、2、3…7——倒了，看来我真的能砍倒一颗小树呢！"小樱桃树就这样倒下了。

　　黄昏时，小乔治的父亲到果园里干活，发现果园被弄得乱七八糟，而他不久前刚刚移植进果园的小樱桃树也被人砍倒了，他非常生气。他怒气冲冲地回到房间，厉声问道："是谁？谁把我的小樱桃树砍了？"

　　这时，小乔治才意识到自己闯了祸。但是他怕承认后会受到惩罚，低着头不敢说话。犹豫了片刻后，他突然抬起头看着爸爸，满怀歉意地说："爸爸，是我干的，是我觉得好奇，用斧子把您的樱桃树砍倒了，我愿帮您再栽一棵，以后我再也不会随意砍树了。"

看着小乔治诚恳的态度。父亲的怒气顿时烟消云散，并认为小乔治是一个诚实的孩子，他开口称赞小乔治的诚实，认为诚实的行为胜过一切。

心灵感悟

　　诚实是人生永远最美好的品格。对自己的诚实，才不会对别人欺诈。走正直诚实的道路，定会有一个问心无愧的归宿。

不守诚信的商人

从前有个商人，他买了一条船，用于往返河的两岸，由于年久失修，有一次，他过河的时候，船坏了，并沉入了水底。不会游泳的他抓住了河里的一根大芦苇，大声呼救。有个渔夫听到呼救声，马上顺着声音赶了过来，商人看到有人过来，急忙喊道："我是这城中最富有的人，你若能救我上岸，我愿给你100两金子作为酬谢。"于是渔夫将商人拉上自己的渔船，把他渡到岸边。

没想到被救上岸后，商人却翻脸不认账了。他只给了救他的渔夫10两金子。渔夫说他不守信用，出尔反尔。但商人却说："你就是一个打渔的，一辈子都挣不了几个钱，能拿到10两金子，还不知足吗？"渔夫默默离开了。

后来，事情就是那么巧，那商人又一次在同一个地方翻船了。有人听见了他的呼救，但那个曾被他骗过的渔夫拦住了想救他的人说："我认识他，他就是当初那个说话不算数的人！"于是，所有听见他呼救的人都不愿意去救这样一个没有诚信的人。

心灵感悟

商人两次翻船是偶然的，但商人的不得好报却是在意料之中的。因为一个人若不守信，便会失去别人对他的信任。所以，失信于人者，一旦遭难，只有坐以待毙。

诚实守信才能获得别人的感情

西汉初年，有一个叫季布的人，他特别讲信义，一向说话算数，信誉非常高。只要是他答应过的事，无论有多困难，他一定会想方设法办到。因为他非常讲信誉，周围有很多朋友。也有许多人愿意与他建立深厚的友情。

后来，刘邦打败了项羽当上了皇帝，开始满天下搜捕项羽原先的部下。季布曾经是项羽的得力干将，所以刘邦下令，谁要能将季布押送到官府，就赏赐他一千两黄金。

但是，季布重信义，深得人心。人们宁愿冒着被诛的危险为他提供藏身之处，也不愿意为那一千两黄金而出卖他。有个姓周的人秘密将季布送到鲁地一户姓朱的人家。朱家人也很欣赏季布对朋友的信义，尽力将季布保护起来。不但如此，朱家还专程到洛阳去找夏侯婴，请他来解救季布。

夏侯婴从小与刘邦很亲近，后来也为刘邦建立汉朝立下了汉马功劳。同样，他也听说过季布的为人，很欣赏季布的信义，所以特意在刘邦面前为季布说情，终于让刘邦赦免了季布。

心灵感悟

一个人诚实守信，自然得道多助，能获得大家的尊重。如果因为贪图一时的安逸或小便宜，失信于朋友，表面上是得到了"实惠"，但毁了的声誉与这些物质相比，声誉重要得多。所以，失信于朋友，无异于丢了西瓜捡芝麻，得不偿失。

诚实的晏殊

晏殊是我国北宋时期著名的文学家、政治家，他14岁的时候就被地方官作为"神童"推荐给朝廷。他本来可以不用通过科举考试便能得到官职，但他没有这样做，而是决定用自己的真才实学考取功名，所以他参加了科举。

事情十分凑巧，那次的考试题目居然是他做过的，他的文章还得到过好几位名师的指点。这样，他毫不费力地在考试中脱颖而出，并得到了皇帝的赞赏。晏殊不但没有因此而洋洋得意，还在接受皇帝复试的时候，把顺利通过考试的实情如实地告诉了皇帝，并要求皇上另出题目，当堂考他。皇帝与大臣们商议后，出了一道难度更大的题，让晏殊当堂作文。晏殊是一个有真才实学的人，皇上对他当场做的文章非常满意，晏殊又受到了皇帝的夸奖。

晏殊做官后，每日办完公事，总是按时回到家中，回家后他闭门读书，继续学习。后来皇帝了解到这件事，十分高兴，觉得晏殊是一个非常好学的好官，便点名让晏殊做了太子手下的官员。晏殊领旨谢恩时，皇帝当着群臣称赞他能够闭门苦读，让群臣都向他学习。没想到晏殊却说："皇上，我不是不想去宴饮游乐，只因家里清贫，才没有跟着其他官员一起去游乐，臣愧于皇上的夸奖。"但是皇上听后，认为晏殊不但具有真实才学，而且还质朴诚实，是个难得的人才。几年后，晏殊的才能逐渐显现，为人还是那样朴实诚恳，皇上便提拔他做了宰相。

心灵感悟

诚信是道路，随着开拓者的脚步延伸；诚信是智慧，随着博学者的求索积累；诚信是成功，随着奋进者的拼搏临近；诚信是财富的种子，只要你诚心种下，就能找到打开金库的钥匙。

诚实最宝贵

　　1954 年年底，迈克只有 12 岁，他是一个勤劳而懂事的孩子。上学的课余时间里，他还给附近的邻居送报纸，以此赚取他所需要的零花钱。

　　在所有的客户中，有一位慈祥的老妇人。虽然现在迈克已经记不起她的名字了，但她曾经给他上过的一堂很有价值的人生课，至今都令他记忆犹新。迈克从来都没忘记这件事，他希望能把它传授给更多的人，也让他们从中得到教益。

　　一个阳光灿烂的午后，迈克和五个小朋友一起躲在那位老妇人家的后院，朝她的房顶上丢石头。他们快乐地注视着石头像子弹一样飞出去，又像彗星一样从天而降，并发出很响的声音。他们觉得这样玩太开心了、太有趣了。当迈克又扔出一块石头时，也许是因为那块石头太滑了，所以他一不小心，使石头偏离了控制，石头一下子就飞到老妇人后廊的一面窗户上。哗啦一声，玻璃碎了，迈克和小朋友们就像兔子一样从后院逃走了。

　　当天晚上，迈克一夜都没睡着，一想到老妇人家破碎的玻璃就害怕，他担心会被抓住。很多天过去了，一点动静都没有。他确定已经没事了，但内心的罪恶感却与日俱增。他每天给老妇人送报纸的时候，她仍然微笑着和他打招呼，这使迈克很不自在。

　　迈克决定把送报纸的钱攒下来，用来给老妇人修玻璃。不久，他已经攒下 7 美元了，这些钱足够了。他写了一张便条，把钱和便条一起放在一个信封里。信中，他向老妇人解释了事情的来龙去脉，并且说出了自己的歉意，希望能得到她的谅解。

迈克一直等到天黑才小心翼翼地来到老妇人家，并把信封投到她家的信箱里。完事后，他的灵魂感到一种赎罪后的解脱，重新觉得自己能够正视老妇人的眼睛了。

第二天，他又去给她送报纸，这次迈克坦然地对她说了一声"您好，夫人！"她看起来很高兴，说了"谢谢"之后，递给迈克一样东西。她说："这是我送给你的礼物。"迈克一看，原来是一袋饼干。

吃了饼干后，迈克发现袋子里还有一个信封。他小心将信封打开，里面装了7美元纸钞和一张彩色信笺。信笺上大大地写着一行字："诚实的孩子，我为你感到骄傲。"

心灵感悟

做了错事是令人遗憾的，但是如果做了错事还要千方百计地加以掩盖，甚至还挖空心思躲避谴责，那么这就是更大的遗憾了。人们愿意谅解一个做错事的人，但决不能原谅一个掩饰错误的人。因为做错事可能是无意的，但逃避错误一定是故意的。敢于忏悔和认错的人是永远值得尊敬的。

诚实才是最聪明的

从前有一个士兵，他不善于长跑，在部队的一次越野赛中，他很快就被其他人落到了最后，很快就看不见大部队的人影了。他一个人孤单地跑着，转过几个弯路后，前面是一个岔路口，路口上有路标，标明左边是军官跑的路，右边是士兵跑的路。他停下来看着这个岔路口，突然对军官能在越野赛有不同的待遇感到不满。但是，虽然他心中不满，却仍然迈开步子，朝士兵应该跑的路跑去。

半个小时后，他到达了终点，看了看，大部队还没有出现，他居然是第一个到达终点的士兵。他非常不解，在以前的比赛中，他不但从来没有取得过名次，连倒数第二都没有当过。正在他奇怪的时候，主持比赛的军官笑着走了过来，恭喜他赢得了比赛的胜利。几个小时后，大批人马陆续到达了终点，他们筋疲力尽，却看见他赢得了胜利，都觉得非常奇怪。但是大家突然意识到，是那个路口！大家醒悟过来，原来诚实守信是那么重要。

心灵感悟

自以为聪明的人，往往是没有好下场的，对己能真，对人就能去伪，就像黑夜接着白天，影子随着身形。

诚实是对自己的品行负责

在一个阳光明媚的周末，父亲决定带着两个可爱的儿子去看马戏团的演出。他走向售票窗口问道："一张门票多少钱？"

"大人1美元，5岁以上的小孩要40美分，刚好5岁或小于5岁的小孩免费，这两个孩子几岁了？"年轻的售票小姐问道。

"那个小一点儿的3岁，另一个6岁。"父亲说着，掏出了两美元。

那位售票小姐一边找钱一边开着玩笑说："先生，你只要告诉我较大的男孩5岁，就可以替自己省下些零钱了。我根本看不出5岁和6岁的孩子有什么差别，别人也不会知道的。"

父亲却摇摇头说："你说得没错，但是孩子们都知道应该再多买一张票。"

心灵感悟

一个人之所以能立身于世，需要别人的信赖，我们甚至可以说，世界的秩序全在于人与人之间的诚实，而编造谎言的行为不仅会伤害自己的品行，而且还会影响到周围人的认知。

六尺巷的故事

　　清朝时期，宰相张廷玉与一位姓叶的侍郎是同乡，在他们的老家安徽桐城，两家人是邻居。

　　一次，两家都要造新房，为争地皮发生了争执。张老夫人非常生气，便修书给张廷玉，要儿子以宰相的身份出面干预，给自己出出这口气。宰相看过信后，无奈地笑了笑，当即做了一首诗，想劝导老夫人。

　　"千里家书只为墙，再让三尺又何妨？万里长城今犹在，不见当年秦始皇。"其实张老夫人也是一个明事理的人，看到书信后很后悔自己的行为，立即把墙主动退后三尺（1尺=0.33米）；叶家见此情景，也深感惭愧，也把墙让后三尺。

　　这样，张叶两家的院墙之间，就形成了六尺宽的巷道，从此就成了有名的"六尺巷"。张廷玉的家里失去的是几分宅基地，换来的却是邻里的和睦及流芳百世的美名。

心灵感悟

　　宽容别人，其实就是宽容自己。多一点对别人的宽容，我们的生命中也会多一点空间。宽容永远都是一片晴天。

理智的国王

从前有一个国王，他统治的国家幅员辽阔，国家在他的治理下井井有条，人民都很拥戴他。

一天，国王和大臣们到海边去散步。有位大臣不停地拍国王的马屁："您是这世界上最伟大的君主，您拥有非凡的智慧和出众的相貌；您拥有着至高无上的荣誉；您的领地广袤无垠；您的子民无一不在敬仰崇拜着您；您是上天派来的神；您无所不能……"这个大臣说得天花乱坠，其他的大臣也跟着随声附和。

听完他的话，国王面向大海命令道："波涛啊！我是你的统治者，我现在命令你停止冲向沙滩的步伐，不许再打湿我的鞋子。"

但是波涛没有听从国王的命令，依旧后浪推前浪，一层层地涌上沙滩，这时，国王不仅鞋子湿透了，连长袍都湿了。

国王立刻转身质问刚才那位说得天花乱坠的大臣："你看到了没有，波涛根本不听从我的命令，我现在都快湿透了！！"

大臣害怕极了，他怕国王因为盛怒把自己贬为平民，但是国王却平静地对他说："我就是一个普通的人，根本不像你们说得那样！"

大臣们从此再也不敢信口开河奉承国王了，而且都从心底敬佩国王的理智和宽容。

心灵感悟

伟大的人之所以伟大是因为他们拥有理智的头脑和博大的胸怀。不会轻易听信谗言迷惑了自己的心灵，永远把自己放在卑微的位置，才能做到真正的自我。

自尊自立才能活出精彩的人生

作为一个人不能没有尊严，它是生活的价值，也是我们人生的意义。

从前，一个国家因为干旱导致粮食歉收，全国各地都在闹饥荒。一天，一群饥饿的流浪者来到了一个庄园，庄园主大方地拿出仓库里的食物热心地接济他们。大家接过食物后，连一声"谢谢"都没来得及说，就蹲到一边吃了起来。只有一个年轻人例外。

当庄园主把食物拿到他面前时，年轻人没有立刻伸手去接，反而问道："先生，我不能白吃您这么多东西，您有什么活儿需要我做吗？"

"不，我不需要你帮我做什么。"庄园主摇摇头说，"如今年景不好，每一个善良的人都很乐意这么做的。"

听了这句话，年轻人有些急了："先生，正因为现在大家的日子都不好过，所以我就更不能随便接受您的食物，我必须付出自己的劳动。"

庄园主用赞赏的目光望着这个年轻人，看来不给他做些活儿，他是不会吃下这些东西的。庄园主想了一会儿，于是说："小伙子，我年纪大了经常背疼，你愿意为我捶背吗？"年轻人便十分认真地给庄园主捶起背来。捶了几分钟后，庄园主站起来说："好了，小伙子，你捶得棒极了，现在你该得到报酬了。"说着便把食物递给了年轻人。

年轻接过食物狼吞虎咽地吃起来，享受着自己应得的报酬。

后来，这个年轻人没有跟着大家继续流浪，而是被庄园主留在家里干活，他干得十分出色。一年以后，庄园主决定把自己的女儿嫁给他，

并且对自己的女儿说："别看他现在一无所有，可他将来说不定会成为百万富翁，因为他有尊严！"

果然不出庄园主的所料，20年之后，年轻人有了属于自己的更大的庄园，而且还在城市里开办了工厂，成了真正的富翁。

心灵感悟

　　一个人总不能把别人的帮助当成是理所应当，时间长了，别人会把这看成是一种负担，从而将同情变为轻视。人穷志短是非常可悲的，只有即使身处逆境，依然保持自尊自立才能赢得别人的尊敬。

最伟大的友谊

　　奥运会的宗旨一向是和平与友谊，但 1936 年的柏林奥运会却变了味道。法西斯首领希特勒要借这场世人瞩目的奥运会，证明雅利安人种的优越。但在这场奥运会上最出风头的却是一位来自美国的黑人运动员，他就是杰西·欧文斯。他一个人夺得了 100 米、200 米、跳远与 4×100 米 4 枚金牌，并打破了三项世界纪录，成为美国田径史上第一位在一届奥运会上夺得 4 枚金牌的运动员，也狠狠打击了希特勒的气焰。

　　在这四项比赛中，跳远是欧文斯的第一个项目，也是最困难的一

个项目。在预赛的前两跳时，第一次，他逾越跳板犯规；第二次他为了保险起见从跳板后起跳，结果跳出了从未有过的坏成绩；等到第三跳也是最后一跳时，欧文斯实在是太紧张了，助跑后，又中途退了回来。此时希特勒已经离开了观赛包厢。

　　当时德国有一位非

常著名的跳远运动员卢兹·朗，他的身材瘦削，有一双漂亮的蓝眼睛，是"优越"的雅利安人，希特勒对他抱有极大的希望，赛前特地叮嘱他，一定要拿到金牌。在希特勒离开赛场的同时，卢兹·朗热情地走到欧文斯跟前，面带微笑，用非常生硬的英语告诉了欧文斯一个小窍门，他把自己的毛巾放在起跳板后数英寸处，从那个地方起跳就不会偏失太多了。欧文斯照做后顺利拿到了决赛入场券。

在决赛中，卢兹·朗以 7.87 米的成绩率先打破世界纪录，但随后欧文斯跳出了更棒的 8.06 米的好成绩，一举超过卢兹·朗，获得冠军。

获得亚军的卢兹赛后第一个向欧文斯表示祝贺，并拉着他的手走向观众席，向因不知所措而鸦雀无声的观众欢呼，结果全场大声叫着杰西·欧文斯的名字，随后又全场为卢兹·朗集体欢呼。而这一幕，自然让坐在包厢里的希特勒气不打一处来。

杰西·欧文斯创的 8.06 米的纪录保持了 24 年，被誉为世界上最伟大的运动员之一。多年后杰西·欧文斯回忆往事时说，是卢兹·朗帮助他赢得了 4 枚金牌，更使他了解，单纯而充满关怀的人类之爱，才是真正永不磨灭的运动精神。

心灵感悟

卢兹·朗在强大的压力下依然能够表现出纯洁的体育精神，这实在是太值得我们敬佩了。每个真正的王子都应该不畏强权，守住自己心中的信念。

自律是对自己负责

要想有所作为必须要坚持自律原则，选择自己的原则，然后在行动中坚持它。

迪克6岁时，父亲带他去牧师家做客。牧师很喜欢这个孩子，于是拿出他最喜欢的牛奶给他。

然而在吃早餐时，迪克把牛奶弄洒了一点儿。按照家里的规矩，洒了牛奶是要受罚的，只能吃面包。所以尽管牧师热情地再三劝他喝牛奶，可孩子还是不肯接受。他低着头说："我在早餐时洒了牛奶，就不能喝了。"牧师看了一眼正坐在沙发上喝咖啡的父亲，以为是迪克因为害怕父亲说自己才不敢喝牛奶，于是找了一个借口让父亲离开客厅。

接着，牧师又拿出更多美味的小点心劝迪克尝尝。迪克闻着点心的香味感觉口水都要流出来了，可还是不吃，并一再说："就算爸爸不知道，我也不能为了一杯牛奶而撒谎。"

心灵感悟

自律是难得的美德，一个无论做什么事都能严格要求自己的人是最值得信赖的，因为他会对自己负责，他所做的一切并不是为了给别人看。

牧师对孩子的品行感到十分震惊，把父亲叫进客厅说了这事。父亲解释说："迪克不喝牛奶并不是因为害怕我，而是因为他打心眼里认同这条约束自己的纪律。"

在离开牧师家前，父亲来到儿子的面前，诚恳地对他说："好了，你对自己的惩罚已经够了。现在我们马上要回家了，你把牛奶和点心吃了吧，不要辜负了牧师先生的心意，就当是对你的奖赏吧。"迪克这才高兴地把牛奶喝了。

品质是一种珍贵的遗产

格林夫妇最近又添了一个儿子，他们决定建一座更大的房子，于是找到一位远近闻名的银行家商量贷款。银行家从来不肯轻易借钱给别人，而格林夫妇这样的中产阶级也很难为他带来太大的收益。

所以当格林夫妇初次和他见面时，同很多人一样遭到了拒绝。但当格林先生谈到自己的父亲时，银行家却大吃一惊"你是否认识吉米·格林？"

"那是我的父亲。"格林先生答道。

说到这里，银行家的态度立刻变得热情起来，他高兴地和格林先生交谈着，最后不仅以较低的利息借了一大笔钱给吉米，还给他介绍了几个做房地产的朋友。

格林先生很高兴，但对银行家的做法却又疑惑不解。银行家似乎看出了他的疑惑，笑着说道："因为你是吉米·格林的儿子啊。我父亲认识并且很敬重他，他是一个非常坦诚并热心助人的人。"

对于这个银行家来说，他看重的并不是贷款者能够付出多少利息，而是一个人的品质，只有品质高贵的人才能让他产生信任和安全感。

心灵感悟

每个父母都希望能给子孙后代留下财富，但任何财富都有用尽的一天，而美好的品德是却可以代代相传，恩泽后代子孙。

太守悬鱼的启示

羊续在当官之前，一直在家闭门读书，他满腹经纶、才华横溢。他在当官之后，凭借自己的真才实学，很快就在太尉府任职，后来又因政绩突出，升为庐江太守。羊续祖上七代都是大官，而且这一家子，从来没出过一个贪官，在当时的名望非常高，被人们称为"忠臣世家"。羊续为官时，自然承袭祖上遗风，虽然官居二品，却依然过着清贫的日子，整日粗茶淡饭。

一次，他的夫人带着他的儿子从老家千里迢迢来看望他，不料被他拒之门外。原来，羊续的府内既没有足够的衣服也没有足够的吃的，根本无法招待妻儿，于是不得不劝说夫人和儿子返回故里，自食其力。

羊续虽然历任庐江、南阳两郡太守多年，但从不贪污受贿、以权谋私。他到南阳郡上任不久，一位府丞就给羊续送来一条当地有名的特产——白河鲤鱼。羊续本来是不收礼的，但是他知道，下属只不过是想给他改善一下伙食，况且一条鱼不值什么钱，如果给他退回去，会伤了下属的自尊，所以他只好收下了。

收下鱼后，羊续并没有吃掉，府丞走后，羊续便将这条大鲤鱼挂在屋外的柱子上，风吹日晒，活鲤鱼很快成为鱼干。没过多久，府丞又来给他送鱼，羊续指了一下挂在柱子上的已经发臭的鲤鱼干，说："你上次送的鱼还挂着呢，已成了鱼干，请你一起拿回去吧。"府丞看后，相当尴尬，甚感羞愧，悄悄地把鱼取走了。

羊续知道，如果自己吃了这条鱼，下属便会接二连三地送鱼，慢慢地就会由送鱼转变成送礼。因此，为了杜绝这些现象的发生，他就让那条鱼在院子里臭掉也不吃。

这件事让其他属下知道后，许多送礼者望而却步。此事传开后，南阳郡百姓无不称赞他，敬称其为"悬鱼太守"。

心灵感悟

一个人要想得到别人的尊重，首先自己必须自尊、自爱、自重、自律。

高尚的灵魂是行动的指南

曾有人说：如果一个人自己身上具有某种品质，那么他必定具备对那种品质的鉴赏力。这就是一个关于"鉴赏力"的故事。

公元前4世纪，一位国王将一个有罪的年轻人投入监狱并判处了绞刑。在临死之前，年轻人希望与远在千里之外的母亲再见最后一面。

国王准许了他的请求，但要求他必须找一个人来替他坐牢，如果他能够如期回来受刑这个人就可以离开监狱，否则就只能替他上绞架。这个年轻人的好朋友知道后，表示愿意替他坐牢，好让他回家与母亲相见。

好朋友住进牢房以后，年轻人就赶回家与母亲诀别。日子一天天过得飞快，眼看刑期越来越近，年轻人却音讯全无。人们一时间议论纷纷，都说这个好朋友上了年轻人的当。

终于到了行刑的日子，因为年轻人没有如期归来，他的好朋友只有替他去死了。绞索已经套在无辜的好朋友的脖子上，他却丝毫看不出

心灵感悟

一个能将心比心的人，才是真正懂得体谅与高尚的人。一个真正有品德的人，越是在艰难时刻，越能守住自己的道德防线不放松。

恐惧。围观的人群中不时发出惋惜的叹息，大家都在内心深处为他祈祷着。

就在这时，那个有罪的年轻人骑着马赶回来了，他高喊着"我回来了"冲到好朋友的身边，与朋友紧紧地拥抱在一起。这真是人世间最感人的一幕。国王知道后，不仅赦免了年轻人，并且重重地奖赏了他的好朋友。

得陇望蜀的启示

在我国历史上发生过很多有趣的事件，其中"得陇望蜀"就是一个很有意义的故事。

三国时期，汉中太守张鲁想自立为"汉宁王。"当时的丞相曹操知道后，非常气愤，于是出兵40多万征讨张鲁。

曹操手下有名的谋士、大将不计其数，所以一路上过关斩将，非常顺利就打到了汉中。

眼看胜利在望，最后的城池就要被攻下。但是守城将士依旧在不屈不挠地反抗，曹军攻打了很长时间，仍没有成效。

这时，曹操手下的长史荀攸献计："张鲁手下有一个贪官，名叫杨松，若给他一些金银，再让他为内应，肯定能够把城攻下。"

曹操便依计而行，结果真的把张鲁打败了。将士们都很高兴，主

心灵感悟

知足，是人生中最大的快乐，它可以让你年轻，也可以让你幸福。更重要的是，能让我们未来的道路走得更踏实、更安全。

簿司马懿献计："起奏王上，今汉中已平，然尚有刘备、诸葛亮虎居两川，倘领兵来犯，吾势危矣。今我军心正齐、锐气正胜，不若趁两川民心未稳，领我得胜之兵讨之，一举可定也。此计甚妙，唯大王察之。"

曹操说："卿此言差矣，刘备雄才，诸葛亮之智，兼有两川之地，民心已服，羽翼已成矣，急切不可下。再者，西蜀之路崎岖不平，若胜则可，若败，吾军一无可逃矣！"顿了一下又说道："人苦不知足，既得陇，复望蜀耶！"

曹操作为一代枭雄，在大仗得胜后依然知道知足的重要性，我们又怎么能忘记呢？

被拆掉两次的亭子

墨西哥总统福克斯以诚实守信的品德而受到国人的尊重，他一生做人的原则就是两个字：诚实。正是这样的品质，使他从一个普通的推销员升任可口可乐墨西哥及拉美地区公司总裁，甚至成为一个国家的总统。

一次，福克斯受邀到一所大学演讲，一个学生问他："政坛向来不缺少谎言，你在从政这些年中有没有撒过谎？"

福克斯回答说："不，从来没有。"

大学生们在底下立刻窃窃私语起来，有的还忍不住轻声笑出来，因为每一个撒谎的政客都会这样表白，他们总是发誓，说自己从来没有撒过谎。

福克斯并不气恼，他对在座的学生们说："孩子们，在这个社会上，也许我很难证明自己是个诚实的人，但是你们应该相信，这个世界上还有诚实，它永远都在我们的周围。我想讲一个故事，也许你们听过就忘了，但是这个故事对我却很有意义。"

有一个农场主觉得庄园里的那座老亭子已经太破旧了，就安排工人们准备将它拆掉。他的儿子对拆亭子这件事很感兴趣，于是对父亲说："爸爸，我想看看你们怎么拆掉这座亭子，所以能等我从寄宿学校回来再拆吗？"

父亲答应了。

可是，等孩子走后不久，工人们很快就把亭子拆掉了。

孩子放假回来后，发现旧亭子已经不见了。他闷闷不乐地对父亲抱怨："爸爸，你对我撒谎了。你说过的，那座旧亭子要留着等我回来再拆。"

父亲虽然有些惊讶，但依然诚恳地说："孩子，是爸爸错了，我应该兑现自己的诺言。"

于是这位父亲将工人重新召来，让他们按照旧亭子的模样在原来的地方重新建起一座亭子。亭子建好后，他将孩子叫来，然后对工人们说："现在，请你们把它拆掉吧。"

福克斯说，我认识这位父亲，他并不富裕，但是他却在孩子面前实现了自己的承诺。

学生们听后很感动，问道："请问这位父亲叫什么名字？我们希望认识他。"

福克斯说："他已经过世了，但是他的儿子还活着。"

"那么，他的孩子在哪里？他应该和他父亲一样也是位诚实的人。"

福克斯平静地说："他的孩子现在就站在这里，就是我——墨西哥总统福克斯。"福克斯接着说："我想告诉大家的是，我愿意像父亲对我一样诚实对待这个国家，对待这个国家的每一个人。"

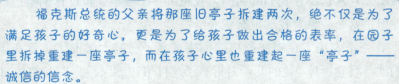

心灵感悟

福克斯总统的父亲将那座旧亭子拆建两次，绝不仅是为了满足孩子的好奇心，更是为了给孩子做出合格的表率，在园子里拆掉重建一座亭子，而在孩子心里也重建起一座"亭子"——诚信的信念。

在社会上，失信会令原本可以简单处理的事变得艰难甚至不可能。所以，一个希望得到社会尊重和支持的人，是无论如何不会牺牲诚实的信念的。在这个故事中，忠诚和信任缺少任何一个，结局都会完全改写。

红色玻璃球

　　在美国佛罗里达州东南部的一个小镇上，有一位名叫米勒斯的小菜贩。米勒斯先生总是在路边摆一个小菜摊，镇上的人办完事回家时，就顺便到这里采购一些新鲜的蔬菜。在经济大萧条的时期，食品和钱都极度紧缺，物物交换就被广泛采用了。

　　在这个镇上，有几个家里很穷的孩子，他们经常光顾米勒斯先生的菜摊。不过，他们似乎并不打算买些什么东西，只是来欣赏那些在当时非常珍贵的蔬菜。尽管如此，米勒斯先生依然热情地接待他们，就像对待每一个来买菜的大人一样。

　　"你好，亨利！今天还好吧？"

　　"你好，米勒斯先生。我很好，谢谢。这些土豆看起来真不错。"

　　"可不是嘛。亨利，你妈妈身体怎么样？"

"还好。一直在好转。"

"那就好。你想要点什么吗？"

"不，先生。我只是觉得你的那些土豆真新鲜呀！"

"你要带点回家吗？"

"不，先生。我没钱买。"

"你有什么可以和我交换的东西吗？用东西交换也是可以的。"

"哦……可我只有几颗赢来的玻璃球。"

"真的吗？拿给我看看。"

"给，你看。这是最好的。"

"看得出来，的确不错。嗯，只不过这是个蓝色的，我想要个红色的。"

"你家里有红色的吗？"

"大概有吧。"

"这样，你先把这袋豌豆带回家，下次来的时候让我看看那个红色玻璃球。"

"一定。谢谢你，米勒斯先生。"

每次米勒斯先生和这些小顾客"谈判"，米勒斯太太就默默地站在一旁，她面带微笑地看着他们。她对这种游戏已经很熟悉，她理解丈夫所做的一切，并为他惑到骄傲。

像亨利这样家境困难的小男孩镇上还有两个，这三个孩子家里的日子都非常不好过，他们没有钱买菜，也没有任何值钱的东西可以交换。为了能够自然地帮助他们，米勒斯先生就这样假装着和他们为一个玻璃球讨价还价。就像亨利，这次他有一个蓝的玻璃球，可是米勒斯先生想要红色的；下次他一准儿会带着红玻璃球来，到时候米勒斯又会让他再换个绿的或橘红的来。当然每次打发他回家的时候，一定会让他捎上一袋子上好的蔬菜。

多少年过去了，米勒斯先生因病过世，镇上所有的人都去参加了他的葬礼，并向米勒斯太太表示慰问，包括那些年幼的孩子。在长长的告别队伍前面，有三个引人注目的小伙子，他们头戴礼帽，身着笔挺的黑西服白衬衫，相当体面庄重。

米勒斯太太站在丈夫的灵枢前。小伙子们走上前去，逐一拥抱她，亲吻她的面颊，和她小声地说几句话。然后，她泪眼蒙蒙地目视他们在灵枢前停留，看着他们把自己温暖的手放在米勒斯先生冰冷苍白的手上。这三个小伙子就是当年经常用玻璃球之类的小玩艺儿和米勒斯先生交换蔬菜食品的那几个穷孩子。在同米勒斯太太握手慰问的时候，他们告诉她，他们多么感激米勒斯先生，感谢他当年"换给"他们的东西。

现在，米勒斯先生再也不会对玻璃球的颜色和大小改变主意了，这三个孩子也再不需要他接济度日，但是，他们永远都不会忘记他。虽然米勒斯先生一生从没发过大财，可是现在，他完全有理由认为，自己是佛罗里达州最富有的人。在他已经失去生命的右手里，正握着三颗晶莹闪亮的红色玻璃球。

心灵感悟

同情心是可贵的，但同情表达不当也会伤害到他人的自尊。付出了同情的同时又不流露，这是平常人难以做到的。米勒斯先生之所以能做到，是因为他不仅付出了同情，还有设身处地的爱。

迪卡尼奥的放弃

在英国的曼彻斯特城，英格兰超级足球联赛第18轮的一场比赛在埃弗顿队与西汉姆联队之间正紧张地进行着。当比赛只剩下最后一分钟时，场上的比分仍然是1：1。

突然，埃弗顿队的守门员杰拉德在扑球时扭伤了膝盖，巨痛使得他将四肢抱成一团在地上滚动，而此时的足球恰好滚到了潜伏在禁区内的西汉姆联队球员迪卡尼奥的脚下。

一片沸腾的球场顿时安静下来，所有的人都在等待着什么。此刻，迪卡尼奥离球门只有大约12米的距离，他只要用一点点力量就可以把球从容地踢进杰拉德的球门。如果这样，西汉姆联队就将以2：1获得获胜，在积分榜上，他们因此可以增加2分。

在几万现场球迷和数百万电视前观众的注视下，迪卡尼奥并没有用脚踢球，而是将球抱在怀中。

全场响起雷鸣般的掌声，也是如潮水般滚动不息的掌声，将这赞美之情献给了放弃射门的迪卡尼奥。或者说，是献给迪卡尼奥体现出来的崇高精神——和平、友谊、健康、正义！

 心灵感悟

对一个人来说，善良是可贵的；但对一个世界来说，正义更具有崇高的精神价值。因为大多数的时候，人们缺少的不是善良，而是正义。

仁慈的谎言是高尚的

1848 年的夏天，在美国南部一个安静的小镇上，一声震耳的枪声划破了午后的沉寂。听到枪声后，刚进入警察局不久的年轻助手，赶忙随着警长奔向出事地点。

一位青年人倒在自己卧室的地板上，身下是一大片血迹，无力的右手松开着，手枪和笔迹纷乱的遗书落在身旁的地板上。原来，他所爱的女孩，就在前一天和另一个男人结婚了。此时，屋外挤满了围观的邻居，死者的 6 位亲属呆呆地站在原地，不知所措。年轻的警察向他们投去同情的目光。他知道，他们的哀伤的心情，不仅是因为亲人的去世，还因为他们是基督教徒。因为基督教规定，自杀是一种犯罪，自杀者的灵魂将从此在地狱里饱受煎熬。风气保守的邻居们，会视他们全家为异教徒。从此，不会再有好的男孩子约他们的女儿了，也不再会有良家女子肯接受这个家庭男子们的玫瑰和戒指了。

突然，一直沉默的警长开了口："这是一起谋杀。"说罢，他弯下腰，在死者身上摸了许久，然后转过头来，对着大家问道："你们有谁看见他的银挂表了吗？"镇上每个人都认得那块银挂表，那是那个女孩送给死者唯一的信物。人们也还都记得，在人群聚集的地方，这位年轻人总是不断地拿出这块表看时间。阳光下，闪闪发光的银挂表，就像是一颗温柔的心。所有的人都急忙否认。警长站起身来说道："既然你们谁都没看到，那就一定是凶手拿走了，这是一桩典型的谋财害命的案件。"

话音刚落，死者的亲人们就嚎啕大哭起来，耻辱的感觉突然就转化成了失去亲人的悲痛，就连刚才还冷眼旁观的邻居们也开始走近他们，以表达慰问。警长充满信心地宣布："只要找到银表，这个案子就破了。"

两人走出门来，门外阳光明媚、六月的大地绿草如茵。年轻助手对警长明察秋毫的判断赞赏有加，他虔诚地问道："我们该从哪里开始找这块表呢？"

警长的嘴角露出一抹微笑，然后伸手从口袋里慢慢地掏出一块银表。

年轻人大惊道："难道是……"

警长看着周围空旷的草地，依然保持沉默。

"也就是，他肯定是自杀的了。那你为什么非要说是谋杀呢？"

"因为只有这样说，他的亲人们才不用担心他灵魂的去向，而他们自己在悲痛之余，也还可以像一个正常的基督教徒那样继续清白地生活。""可是你说了谎，说谎也是违背十戒的。"

警长用锐利的眼睛盯着年轻的助手，缓缓地说："年轻人，请相信我，6个人的一生，比100倍的摩西十戒还重要。而一句因为仁慈说出的谎言，就是上帝也会装做没听见的。"

那是年轻警官遇到的第一桩案子，也是他一生中最有意义的一课。

心灵感悟

别人在对你的人品进行判断的时候，不光是看你怎样说或是怎样做，而是更看重你为什么这样说和这样做。当你喜欢用华丽的语言和潇洒的行动装饰自己时，最好先看看自己的内心，然后再偷偷瞥一眼别人看你的眼神。

第三章
给自己制定更高的要求——
做一个自我完善的王子

周谷画虎的启示

在我国古代，有个名叫周谷的画师非常会画虎，方圆几百里的人都来买他画的虎。

后来，周谷渐渐发现来找自己买"虎"的人越来越少了。他一问才知道，最近有一个外乡人也来到了这里画虎，他画的虎比周谷的更加逼真。周谷很好奇，便打算看看这个外乡人的虎去。

于是有一天，周谷混在人群里，去看那个外乡人画虎。那人画的虎不光外形像，而且还透出一股生动的灵气，这让周谷心服口服。于是回到家中收拾完行李，便离开了故乡。

三年后，周谷突然回来了，他回到家中，立刻画了一幅《下山虎》送到那个外乡人家里。外乡人打开画卷，只见一只栩栩如生的老虎跃然纸上，就如同真虎一般立在自己面前，不由得脊梁骨阵阵发寒。他赶紧前往周谷家中，欲拜周谷为师。

乡亲们很奇怪，问周谷为什么三年不见，回来便能把虎画得这么好了呢？周谷说：外乡人千里迢迢来到这里以画虎为生，肯定不会将技巧轻易传授给别人，所以我只好跑到深山里，亲自观察老虎的生活。我每天记下它们的一举一动，时间长了，画出的老虎自然就形神兼备、栩栩如生了。

心灵感悟

面对比自己画艺更佳的外乡人，周谷非但没有嫉妒，反而大方承认自己的不足，这是非常可贵的。承认自己不如别人并不丢脸，只要更加努力地去学习，使自己超过了过去，无论结果如何都能获得别人的尊重。

写作的精神

哈里在美国海岸警卫队服役的时候就喜欢上了写作，但不知为什么，他的作品总不能令自己满意。开始，哈里认为自己必须等有了灵感才能写作，所以，他每天都必须坐在打字机前等待"情绪"，然后才能开始工作。

当然，灵感并不是随时都有，坐在打字机前等待灵感就更难了。因此，哈里的创作欲望在降低，灵感也愈发不肯"光顾"了。这使他的情绪更加不振，自然也就更难写出好的作品了。

有时候，哈里坐在打字机前想要写作的时候，脑子里反而变得一片空白，这种情况使他感到害怕。为了不白白浪费时间在发呆上，哈里干脆离开打字机，把写作暂时忘掉，转换一下心情。他也用其他办法来摆脱缺乏灵感的窘况，比如去打扫卫生间、收拾一下花园，或者去刮刮胡子。

但是，对于哈里来说，这些做法只能让他暂时忘掉苦闷，但还是无助于写作。后来，他偶然听说了作家奥茨的经验，深受启发。

奥茨说："对于'情绪'这种东西，你千万不能过分依赖，从一定意义上来说，写作本身也可以产生情绪。有时，我也会感到疲惫不堪，完全没有精神，感觉自己连五分钟也坚持不住了。但我仍会强迫自己继续写下去，然后在写作的过程中，情况不知不觉地就完全变了样。"

这让哈里了解到，要实现一个目标，首先必须待在能够实现目标的地方。就像写作，必须在打字机前坐下来才行，躲在卫生间或花园里，是永远写不出东西的。

经过冷静的思考，哈里决定马上行动起来。

他为自己制订了一个计划：把起床的闹钟定在每天早晨七点半，八点钟之前必须坐到在打字机前。他可以写不出东西，但必须一直坐到能写出东西为止，如果写不出来，哪怕坐一整天，也不许离开。另外他还订了一个惩罚办法：不写完一页纸不可以吃早饭。

在计划执行的第一天，哈里直到下午两点钟才打完一页纸，也就是说直到下午两点哈里才吃到当天的第一顿饭。第二天，哈里有了很大进步，坐在打字机前不到两小时，就打完了一页纸，较早地吃上了早饭。第三天，他很快就打满了一页纸，接着又连续打了四五页，这才想起自己还没有吃早饭。

绕过了长达 12 年的努力，哈里的作品终于问世了。这本书仅在美国就发行了 160 万册精装本和 370 万册平装本，这本书就是我们今天读到的经典名著——《根》，哈里也因此获得了 1977 年的"普利策奖"。

心灵感悟

做好任何事都必须付出努力，如果我们能够做好足够的心理准备，那么我们就不会害怕，更不会在稍微遇到些挫折时就轻易放弃。许多人没有成功，并不是因为能力不足，而是自己太过放松，不肯督促自己去做得更好。所以当我们将要失去耐心的时候，不妨自问一句：我是否还能再坚持一会儿？

进取心完善完美人生

1944年4月7日，一个名叫施罗德的男孩，出生在德国的一个贫民家庭。在他出生后第三天，父亲就战死在罗马尼亚。他的母亲靠着当清洁工的微薄收入，养育着施罗德和他的姐姐，一家三口艰难地相依为命。

1950年，施罗德到了上学的年纪，但因交不起学费，他只读到初中毕业就到一家零售店当了学徒。

由于贫穷，施罗德经常会遭受别人的白眼和嘲讽，这些屈辱使他立志要改变自己的人生："我一定要离开这里。"

1962年，他辞去了店员的职务，去了一个建筑工地当清洁工，并利用业余时间到一家夜校学习。他一边学习，一边打工，不仅收入有所增加，而且也圆了自己的上学梦。

四年后，夜校结业，他进入了哥廷根大学夜校学习法律，上大学的理想也这样实现了。毕业之后，他成了一名律师。32岁时，他当上

心灵感悟

进取心带来的激励会长久地存在于我们心中，它是推动我们自我完善、追求更完美人生的动力之源。

了汉诺威霍尔律师事务所的合伙人。

通过对法律的研究，他对政治逐渐产生了兴趣。他积极参加政党的集会，最终加入了社会民主党。此后，他逐渐崭露头角，并一步步得到提升。1969年，他担任哥廷根地区的主席，1971年得到政界的肯定，1980年当选议员。1990年他当选为下萨克森州州长，并于1994年、1998年两次连任。政坛得志，更激励了他成为政治家的雄心。1998年10月，他走进联邦德国总理府。

把目标定得远一点

炎热的夏天，一群铁路工人正在站台上忙碌。

几分钟后，铁路上缓缓地停下了一列豪华客车。突然有人打开了其中一扇窗户朝对面的一个工人喊道："嗨，亨利！"于是，一个工人走到了这辆豪华列车旁边，靠着窗户和对方热情地聊了起来。他们不时还发出一阵爽朗的笑声，直到列车启程时才握手道别。

其他工人好奇地问亨利那个人是谁，亨利笑了笑，有些不好意思地说："那是我的朋友，15年以前我和他一起在铁路上干过，现在他是铁路公司的总裁了。"

"他是怎么走运的？是遇到什么贵人了吗？"有人不解地问。

"不！"亨利望着远去的列车低下了头，"当初我每天只是为了薪水而工作，可他却是发自内心地为这一整条铁路而工作。"

心灵感悟

命运是公平的，机会只会垂青那些有准备的人。在机会面前，大家都是站在同一起跑线上，只是因为不同的人有不同的目标才会产生不同的结果。如果一直满足于现状，日复一日也不会有太大的飞跃。

把有限的时间用在工作上

爱迪生从小就对很多事物感到好奇，而且喜欢亲自去试验一下，直到明白了其中的道理为止。长大以后，他就根据自己的兴趣，一心一意做研究、搞发明创造。他在新泽西州建立了一个实验室，一生共发明了电灯、电报机、留声机、电影机、压碎机等总计 2000 余样东西。

爱迪生未成名前是个穷工人。一次，他和老友在街上遇见，老友关心地说："看你身上这件大衣，破得都不像样了，你应该换一件新的了。"

"用得着吗？在纽约根本没人认识我。"爱迪生毫不在乎地回答。

几年过去后，爱迪生成了大发明家。

一天，爱迪生在纽约街头又碰上了那个老朋友。"哎呀"，那位老朋友见到他后惊叫起来，"你怎么还穿这件破大衣呀？这都几年了，不过这回，在纽约很多人都认识你了！你无论如何也应该换一件新的了！"

"更用不着了！在这里，人人都已经认识我了，更没必要换新的了。"爱迪生仍然是毫不在乎地回答。

"最大的浪费莫过于浪费时间了。"爱迪生常对他的助手说，"人生太短暂了，所以要多想办法，用更少的时间做更多的事情。"

有一天，爱迪生正在实验室里工作，他递给助手一个没上灯口的玻璃灯泡，说："你帮我量量这只灯泡的容量。"随后，他又低头继续工作了。

过了好半天，见助手还没有告诉他那只灯泡的容量，他便开口问助手："容量是多少？"他没听见助手回答的声音，于是转头看看助手是不是在实验室里。他回过头，却看见助手身边放着他刚刚费劲找到的软尺，测量了灯泡的周长、斜度后，拿着测量的数据，助手正伏在桌上计算呢。他对助手说："你怎么能用那么多的时间呢？"爱迪生走过来，帮助助手继续计算，他拿起那个空灯泡，向里面注满了水，交给助手，说："把里面的水倒在量杯里，马上告诉我它的容量。"

助手立刻读出了数字。

爱迪生说："这个方法多容易啊，既准确又节省时间，你怎么想不到呢？还去测量，去计算，白白地浪费了那么多时间。"

看助手露出了难为情的表情，爱迪生喃喃自语："人生太短暂了，太短暂了，要节省时间，多做事情啊！"

心灵感悟

    如果我们给自己制定了远大的目标，即便没有别人来督促我们也不会浪费时间，因为到了那个时候我们也会像爱迪生一样感叹时间短暂了。

点滴就是大海

　　有一位年轻人，在一家石油公司里谋到一份差事，工作内容很简单，就是检查石油罐盖焊接好没有。

　　这是公司里最简单枯燥的工作，凡是有出息的人都不愿意在这种事上浪费时间。这位年轻人也这样觉得，天天看着一个个铁盖太没有意思了。于是他找到主管，要求调换工作。可是主管拒绝他说："不行，别的工作你干不好。"

　　年轻人只好回到焊接机旁，继续检查那些油罐盖上的焊接圈。既然好工作轮不到自己，那就先把这份枯燥无味的工作做好吧！年轻人静下心来，仔细观察焊接的全过程。他发现，焊接好一个石油罐盖，共需要 39 滴焊接剂。

　　为什么一定要用 39 滴呢？少用一滴行不行？在这位年轻人以前，已经有许多人干过这份工作，但从来没有人考虑过这个问题。这个年轻人不但想了，而且认真测算试验，结果发现，焊接好一个石油罐盖，只需 38 滴焊接剂就足够了。

　　这个年轻人在这份最没有机会施展才华的工作上，找到了用武之地。他非常兴奋，立刻开始为节省一滴焊接剂的工作努力起来。原先公司采用的自动焊接机，是为每罐消耗 39 滴焊接剂专门设计的，用旧的焊接机，无法实现每罐减少一滴焊接剂的目标。年轻人决定另起炉灶，研制新的焊接机。经过无数次尝试，他终于研制成功了"38 滴型"焊接机。

使用这种新型焊接机后，每焊接一个罐盖可节省一滴焊接剂。虽然一滴焊接剂的价值不高，不过积少成多，一年下来，这位年轻人竟为公司节省开支 5 万美元。一个每年能创造 5 万美元价值的人，谁还敢小瞧他呢？这个年轻人由此迈开了通往成功的第一步。

　　许多年后，他成了世界石油大王，这个年轻人就是洛克菲勒。

　　有人问洛克菲勒："成功的秘诀是什么？"他说："重视每一件小事。我是从一滴焊接剂做起的，对我来说，点滴就是大海。"

心灵感悟

　　重视小事才能做好大事，对自己要求严格一些，为自己树立更高的标准，才能让自己在未来的生活中走得更远。

"梅尔多" 铁锤的启示

在美国纽约州，有一家妇孺皆知的"梅尔多"公司。这家公司是靠制造"梅尔多"牌铁锤起家的，尽管这些锤子在交货时并没有什么"合格"或"优质"等标签，但人们只要在锤子上见到"梅尔多"几个字，就会毫不犹豫地买下它。它的起家时间很久，但过程却非常简单。

多年前，在纽约州的一座村庄，一个外来的木匠对村子里的铁匠说："请尽你所能给我做一把最好的锤子，我是从外地来的，要在这里做一个工程，但不幸的是我的工具在路上丢了。"

"我保证，我做的每一把锤子都是最好的。"铁匠戴维·梅尔多非常自信地说，"但你会出那么高的价钱吗？"

"会的。"木匠点点头说："我需要一把好锤子。"

铁匠最后交给木匠的，确实是一把很好的锤子，木匠从没用过哪把锤子比这个更好。尤其值得称道的是，锤子的柄孔比一般的要深，锤柄可以深深地楔入锤孔中，这样，在使用时锤头就不会轻易脱柄。

木匠对这把刚拿到手的锤子十分满意，不住地向同伴炫耀他的新工具。第二天，和他一起做工的木匠都跑到梅尔多的铁匠铺，每个人都要求订制一把那样的锤子。后来，这些锤子被工头看见了，于是他也来给自己订了两把，而且要求要比前面订制的都好。

"这我可做不到，"梅尔多摇摇头说，"我打造这些锤子的时候，都是尽可能把它做到最好，我不会在意谁是主顾。"

没过多久，一个五金店的老板听说了此事，一下子订了两打，这么大的订单，梅尔多以前从来没有接过。

　　不久，纽约城里的一个商人经过这座村庄，偶然看见了梅尔多为五金店老板打造的锤子，强行把它们全部买走了，还另外留下了一个长期订单。

　　在漫长的加工过程中，梅尔多没有丝毫大意，总是在想办法改进铁锤的每一个细节，并不因为只是一个铁锤而疏忽大意。

　　就这样，在一个不起眼的乡村小镇诞生的小铁锤，慢慢成了畅销美国乃至全世界的名牌产品，而梅尔多本人也凭着这些铁锤终于成为了亿万富翁。

心灵感悟

　　"梅尔多"铁锤之所以受到大家的信赖，是因为每一把"梅尔多"铁锤都是最好的；梅尔多之所以成功，是因为他总是想尽办法将每一把铁锤都做到最好。如果我们每一天都能向更高的标准迈进，也总有一天能够成功。

目标引领成功

　　旅馆大王希尔顿开始涉足旅馆业时，手头只有 5000 美元，而现在希尔顿家族的产业已经不知道是这 5000 美元的多少倍了。

　　希尔顿在创业前曾向母亲请教如何白手起家。母亲告诫儿子："你必须找到你自己的世界。与你父亲一起创业的老朋友曾经说过：'要放大船，必须先找到水深的地方。'"

　　于是，希尔顿来到了当时的冒险天堂——得克萨斯州。一天，希尔顿来到马路对面的一家名为"莫布利"的旅馆想住上一晚，却被告知旅馆已经客满了。更令他意外的是，他听到这家生意很好的旅馆老板打算转让这家店。

　　"只要有人出 5 万美元，今晚就可以拥有这儿的一切。"这家老板卖店的决心已定。希尔顿在仔细查阅了莫布利旅馆账簿的基础上，决定买下这家旅馆，从此开始他的奋斗历程。

　　1937 年夏天，希尔顿看上了旧金山一家名为"德雷克爵士"的旅馆，他不失时机地筹集资金，在 1938 年 1 月将"德雷克爵士"旅馆买了下来。1939 年，他又买下了长堤的"布雷克尔斯饭店"。这几次的收购行为均告成功，但希尔顿并没有满足，反而激发了他更大的野心。因为经营有方，希尔顿的旅馆王国越做越大，他决心向更广阔的世界扩展。1954 年 10 月，希尔顿创造了他一生中最辉煌的一页，斥资 1 亿美元买下了有"世界旅馆皇帝"之称的"斯塔特拉旅馆系列"，这是一个拥有

10 家一流饭店的连锁旅馆。

尽管已经很成功了，但希尔顿并不满足于只登上美国旅馆业大王的宝座。在之后的日子里，他没有停止脚步，继续将他的旅馆王国扩展到世界各地，成了名副其实的世界旅馆之王。

心灵感悟

怎样才能成功呢？每个人的精力与能力都是有限的，与其浪费在各种尝试上，不如先确定一个方向，再为自己制定出一步步详细的目标。如果没有目标，就只能在人生的旅途上徘徊，永远到不了目的地；而如果没有更高的目标，就只能在原地打转，永远看不到更美丽的风景。

永不知足的商人

一个男孩出生在一个嘈杂的贫民窟里，和所有出生在贫民窟的孩子一样，他经常打斗、喝酒、吹牛和逃学。唯一不同的是，他天生有一种赚钱的才能。

小时候，他曾在街上捡回过一辆破玩具车，他把车子修整好然后租给同伴们玩，每人每天收取半美分租金。一个星期之内，他竟然赚回了一辆新玩具车。他的老师对他说："如果你出生在中产阶级家庭，兴许会成为一个出色的商人。但是，这对你来说不可能。不过，也许你能成为一个街头的商贩。"

中学毕业后，他真的成了一个商贩，正如他的老师所说。不过在他的同龄人当中，这已是相当体面了。他卖过小五金、电池、柠檬水，每一桩买卖都做得不错。不过真正让他发迹的是一堆服装——一船成了废品的服装。

这些服装来自日本，全是丝绸质地的，原本运到美国是能大赚一笔的，可因为海轮在运输当中遭遇风暴，结果有泄漏的染料浸染了丝绸，让这些服装全成了废品，数量足足有一吨之多。这些数量巨大的垃圾，成了日本人头疼的东西。他们想低价处理掉，但无人问津；想搬运到港口扔进垃圾堆，又怕被环保部门处罚。于是，日本人打算在回程的路上把丝绸丢进大海里。

有一天，这个小商贩在港口的一个地下酒吧喝酒，那天他喝得并不多，头脑很清醒，所以当身后的日本海员与身边的美国朋友抱怨这件麻烦事时，正好一字不差地全听进去了。

第二天一早，他就来到了海轮上，用手指着停在港口的一辆卡车对船长说："我可以帮忙把丝绸处理掉，如果你们愿意象征性地给一点运费的话。"

他几乎不花任何代价就拥有了这些被浸染的丝绸。他把这些丝绸加工成迷彩服、领带和帽子，拿到人群集中的闹市出售。短短几天时间，他靠这些丝绸净赚了10万美元。

现在他已不是商贩，而是一个真正的商人了。他没有就此满足，反而更不知足。

有一次在郊游的途中，他看上了一块地皮，就找到土地的主人，说愿花10万美元买下来。土地的主人拿了他的10万美元，以为自己遇到了冤大头，这样一个偏僻的地段，只有呆子才会出这样的价。一年后，市政府对外宣布，要在郊外建造环城公路，他的地皮一下子升值了100多倍。从此，他成了远近闻名的富翁。

在75岁时，他终于因病躺下了，再也不能进行任何商务活动，可他赚钱的欲望没有停止。

在病危期间，他让秘书在报纸上发布了一则消息，说他即将被上帝带往天堂，愿意帮人们向已经去世的亲人带一个祝福的口信，每则收费100美元。结果他赚了10万美元。如果他能在病床上多坚持几天，可能还会赚到更多的钱。

另外，他的遗嘱也十分特别，他让秘书刊登一则广告，说他是一位礼貌的绅士，愿意和一位有教养的女士同卧一块墓穴。结果，一位寡居多年的贵妇人愿意出资5万美元和他一起长眠。

有一位资深的经济记者以充满热情的笔触，报道了他生命最后时刻的商业历程。文中感叹道："世界上每年去世的富人无法计算，但像他这样对商业怀有执著精神，让商业成为自己生命一部分，并能坚持到最后的能有几人呢？"

这就是一个人怎样成为千万富翁的全部秘密。

心灵感悟

　　每个人都有机会，哪怕是贫民窟里的穷孩子；任何地方都有机会，无论在凌乱的大街、酒吧，还是在荒僻的郊外；任何时候都有机会，哪怕是在一个人生命的最后时刻。

　　说自己永远没有遇到机会的人只是没有目标而已，没有目标就不知道机会该是什么样，自然机会也永远不会来到这种人身边。

虚掩着的成功之门

英国大文豪萧伯纳曾说过这样一句话："在世界上出人头地的人，都能够主动寻找他们要的时势，若找不到，他们就自己创造出来。"下面这个故事正说明了这个道理。

1968 年，在墨西哥城奥运会的百米赛道上，美国选手吉·海因斯率先撞线，之后他转过身来看着运动场上的计时牌。当计时牌上显示出 9 秒 09 的字样时，全场沸腾了，这是人类历史上第一次有人在百米赛中突破 10 秒大关。海因斯夺冠后摊开双手自言自语地说了一句话，这一情景通过电视转播，全世界十几亿人都看到了，但由于当时他身边没有话筒，所以当时到底说了什么一直是个迷。

1984 年，在洛杉矶奥运会前夕，记者戴维·帕尔在办公室里回顾过去几届奥运会的资料片。当再次看到海因斯夺冠的镜头时，他决定采访海因斯。海因斯在看到记录的那一刹那究竟说了什么，一定是句不同凡响的话，可竟然被现场 400 多名记者给漏掉了，实在是太遗憾了。

当被问起 16 年前的事时，海因斯完全搞不清楚，他甚至否认当时说过话。戴维·帕尔则说："你当时确实说话了，有录像带为证。"

海因斯好奇地打开帕尔带去的录像带，笑着说："难道你没有听见吗？我说'上帝啊！那扇门原来是虚掩着的！'"

海因斯继续解释说，自从柏林奥运会上欧文斯创造了 10 秒 03 的纪录后，以詹姆斯·格拉森医生为代表的医学界人士断言，人类的肌肉所承载的运动极限无法超过每秒10米。一开始我也是这么以为的，于是，我鼓励自己一定要跑出10秒01的成绩。因为我知道，百米冠军不是在百米跑道上跑出来的，所以我每天都以最快的速度跑完5公里。当我在墨西哥奥运会看到自己9秒09的成绩时，我惊呆了，原来10秒的大门不是紧闭着的，它是虚掩着的。

采访结束后，戴维·帕尔写了一篇报道，弥补了墨西哥奥运会上留下的一个空白。不过，人们认为它的意义远不止于此，海因斯的那句话给世人留下了无限的启迪。

心灵感悟

在这个世界上，只要你真诚地付出，就会发现许多"门"其实都是虚掩着的。在学业上，你付出了努力，你就会发现进步的门是虚掩着的；在生活上，你付出了智慧，你就会发现橙子的大门……总之，在我们这个丰富多彩的世界里，除了牢门是紧锁着的，其他的门都是虚掩着的，特别是成功之门。

年轻人的困惑

有一个名校毕业的年轻人，虽然他在学校的成绩不错，可毕业后来到社会上一直得不到重用，这让他十分苦闷。

为此，他专程去很远的地方找智者询问。他走了很远的路终于见到了智者，年轻人向智者询问："命运为什么对我如此不公平呢？为什么大家都看不到我的才华呢？"

智者没有直接回答这个充满怨气的年轻人，而是随手从地上捡起一颗小石子，丢到了远处的乱石堆中，对年轻人说："你能把我刚才扔出去的小石子找回来吗？"

年轻人在乱石堆中翻找了半天，也没找到。那些石子看起来没什么区别，看不出哪一颗有特别之处，他分不清到底哪一颗才是智者扔出去的。

看着无功而返的年轻人，智者摇摇头，将手上的戒指取下同样扔到那堆乱石中，让年轻人去找回来。这一次，年轻人没费吹灰之力就找到了那枚闪着金光的戒指。

智者什么也没再说，年轻人却明白了。如果自己只是一颗小石子，而不是金子，就不要埋怨别人发现不了自己了。

心灵感悟

每个人的命运都掌握在自己的手中。如果你也在为别人没有发现自己的才华而烦恼，不妨先好好反省一下自己是不是足够优秀？摒弃杂念，完善自我，使自己像金子一样发出光来，别人才会一眼看到我们。

自我完善不是三心二意

从前有个人准备学一门手艺，可是学什么好呢？他总是拿不定主意。

一天出门正好遇到下雨，他看着街上人来人往，觉得雨伞人人都要用，于是去找师父学制作雨伞。两年后，他学成出师。临走时师父送给他一整套制伞的工具，让他自谋生计。他拿着这些东西回到故乡，开了一家雨伞铺，开始专心做伞。但是因为天下大旱，整整两年他的雨伞总共没卖出去几把。一气之下，他把制伞工具都扔了，连铺子也关了。

他垂头丧气地来到街上，看见很多人都在询问该去哪里买水车，觉得学做水车会有前途，于是又离开家乡去学制作水车。没想到等他学会之后，又连续几天下起了大雨，这下再没人需要水车了。他只好重新购置做伞的工具，可还没等他做好几把雨伞，天又放晴了。

后来，他想无论做雨伞还是做水车都需要工具，而这些工具都是铁打的，我何不去学铸铁呢？但岁月不饶人，此时的他已抡不动大锤了。

心灵感悟

追求自我完善绝不是这山望着那山高。做事情不能三心二意，需要专心致志、持之以恒。如果遇到一点挫折就灰心丧气，不能坚持到底，就永远无法体会到成功的滋味。

别忽视小错误

　　飞利浦教授是个看上去很凶、很难接近的老师，每个学生都怕单独与他讲话。

　　这学期第一份作业发下来了。小汤姆心里十分沮丧，他紧盯住手中的作业，无法相信自己的眼睛，作业总共只有 10 分，竟被老师扣去了 2 分。飞利浦教授刚刚宣布下课，小汤姆已经冲到他的面前。可还没来得及开口，教授却说："我的课已经结束了，如果有问题请与我的助手预约，明天上午我会在办公室里一对一为你解答。"

　　第二天，飞利浦教授办公室的门半开着。小汤姆还没看到老师的面孔，已经听到教授说："请进来。"

　　小汤姆匆忙地推开门，飞利浦看了看墙上的钟表，不满地说："你迟到了两分钟。"

　　"对不起，我第一次来，刚才走到另一个方向去了。"

　　教授不耐烦地摇了摇头："难道这跟我有什么关系吗？我只在乎我们已经约定的时间。好，你今天的问题是什么？"小汤姆拿出作业，平放在老师的桌上，说："对不起，我把 Hartman 写成 Hartmen，把 a 写成了 e，今后我会注意的。可是，这份作业总共才只有 10 分，只因为一个字母就被扣去 2 分，我认为这过于严厉了。"

　　"还有其他的问题吗？"

　　"没有。"

"如果是这样，就让我第一次也是唯一一次来回答这个不成问题的问题。"

飞利浦教授在书桌上一笔一画用大写字体写下了 HARTMAN，用手指在上面敲了敲："这是一个人的姓名，写错了，就好像一只狗被称呼为猫。你认为这不是个严重的问题吗？"

"我保证不会再发生这样的错误，对不起。"

"我接受你的道歉，但成绩我不会更改！我有我教课的原则，如果一个学生把一只狗叫成了猫，而我还说他是正确的，那恐怕才是最大的错误呢。"

这是 15 年前的一段经历，在这漫长的 15 年中，小汤姆忘记了许多旧事，但这件事却让他记忆深刻。或许正是飞利浦教授不肯为他加上分数，并讲了那一番关于"一只狗叫成了猫"的话，才使他在成长的路上少犯了许多错误。

心灵感悟

很多人在学习生活中秉持着"差不多"的太多，成绩差不多就行，结果差不多就行，认为只有大错是错，小错便不是错。殊不知，"千里之堤，溃于蚁穴"，有时一个小错往往能导致惨重的败局。

多看自己的优点，才能做得更好

我们都希望自己可以做得更好，但是到底是该把精力放在自己的优点上还是缺点上呢？下面这个故事或许能给你带来启发。

小兔子很擅长跑步，在很多比赛中都获得了冠军，可是唯独不会游泳。有人认为这是小兔子的弱点，于是，小兔子的父母和老师就强迫它去学游泳。

可怜的小兔子从此没有时间玩耍也没有精力跑步了，把所有的精力都花费在游泳上，后来直到它成了大兔子，又变成老兔子，耗了大半生的时间也没学会游泳。它非常疑惑，而且十分难过，自己明明已经很努力了，为什么还是不能做得更好呢？

森林中最见多识广的猫头鹰说："兔子是为奔跑而生的，应发挥自己奔跑的特长，为什么要去学游泳呢？那是鱼的事情啊。"

兔子如梦方醒，没有谁事事皆能，大家都有自己擅长的和不擅长的，自己把一生都浪费在了弥补缺陷上，结果把原本的优势都弄丢了。

心灵感悟

每个人一生差不多只能做好一两件事，即使是最伟大的人也不可能在所有领域都有所建树，没有必要强求让每个人都具有做好一两百件事的本领。并非只要一个人改善不足就会变得更好，永远将目光放在弥补上，而不重视发挥他的优点，那么只能造就平庸。因此，我们最应该做的是从一个人身上发现他的特长，然后激发这种特长，强化这种特长。

不怕批评才能更优秀

春秋时期，齐国忠臣晏子的手下有个人名叫高缭的人，他在晏子手下当了三年的差。这个人一直以来做事都是小心翼翼，为人也非常谨慎，为官三年以来从来没有犯过错。

可是突然有一天，晏子没有任何原因就让他离开了。

晏子的妻子觉得很奇怪，对晏子说："高缭为你做事已经三年了，从来没有犯过错，你不给他奖励倒也罢了，为什么还要将他辞退？这似乎太过分了吧。"

晏子说："我是一个不中用的人，正如一块弯弯曲曲的木头，必须用墨斗来弹，用斧头来削，用刨子来刨，才能做成一件有用的器具。每个人都会有自己的缺点与不足，但自己通常看不到自己的不足，如果别人明明看到却不给予提示的话，还怎么提高呢？可看看高缭，他在我身边足足三年，看见我的过错，却从来不说，这对我有什么好处？所以，我只好让他离开了。"

心灵感悟

一个正直的人应该既不讳疾忌医，也不专做"好好先生"，而应勇于开展批评与自我批评。

成功者要有自制力

吸烟的人都知道，吸烟一旦上瘾，再想戒掉是很不容易的。美国人盖迪也曾经是个烟瘾很大的人，每天要吸掉不少香烟。

有一次，他在欧洲度假开车经过法国时，很倒霉地遇到了大雨，汽车又刚好抛锚了，只好在附近一个小镇上找了家旅馆过夜。吃过晚饭，又困又累的他很快就进入了梦乡。

凌晨两点，盖迪突然醒来，他想抽支烟。打开灯，他自然地伸手去抓睡前放在桌上的烟盒，不料里头却是空的，连一根也没剩下。

他下床把衣服口袋捏了个遍，依然毫无收获。他又打开装行李的箱子翻来覆去地找，希望能在哪个角落发现一包无意中剩下的烟，结果又失望了。

看来只好去买一盒了。盖迪穿上衣服来到旅馆门外，这时候，旅馆的餐厅、酒吧早关门了。雨依然下个不停，街上一个人影都没有，所有的店铺都打烊了，一片凄清的景象。此时盖迪唯一的办法就是冒雨走过几条街，到自己停在路边的车里去拿。

有烟瘾的人都有这种体验——手边越是没有烟，抽烟的欲望就越大。

盖迪打算去自己的车里拿烟，没走几步突然想起帽子忘在房间里了。他回到房间，刚准备拿帽子时猛然停住了。

盖迪坐在床边思考着，他自认是一个有教养的人，在商界小有成就，

拥有理智的头脑，可现在他的行为算什么？他居然宁可三更半夜离开旅馆，冒着大雨走过几条街，而目的仅仅是为了得到一支烟。

这是一个什么样的习惯，对香烟的渴望真的有那么强大的力量？

这一刻，盖迪做了一个对自己很重要的决定——戒烟。

他站起来使劲伸了个懒腰，然后把桌上的空烟盒揉成一团扔进了纸篓，脱下外套换上睡衣重新躺回床上，带着一种解脱甚至是胜利的心情进入了梦乡。从此，盖迪一生中再也没有碰过一支香烟。

他就是闻名世界的美国石油大亨——保罗·盖迪。

心灵感悟

　　自制力是成功人士必不可少的素质之一。当我们面对诱惑时，自制力会引导我们做出正确的选择。只有能够自控的人才能克服惰性与习惯，达到更高的要求。

爱因斯坦的悔悟

　　伟大的科学家爱因斯坦小时候并不是个优秀的孩子，他的聪明才智并不是从小就表露出来的，他和普通的孩子一样对未来并没有什么特别的规划。

　　少年时期的爱因斯坦，整日同一群调皮孩子混在一起，没有把太多的精力放在学习上，致使几门功课不及格。

　　一个周末的旦晨，爱因斯坦正拿着钓鱼竿准备和小伙伴们钓鱼去，父亲拦住了他，心平气和地对他说："你太贪玩了，连功课都不及格，我和你母亲很为你的前途担忧。"

　　"有什么好担忧的？杰克和罗伯特他们也没及格，不照样去钓鱼吗？"爱因斯坦对自己的成绩不以为然。

　　"孩子，你千万不能这样想。"父亲充满关爱地望着爱因斯坦说："在我们的故乡流传着这样一个寓言，我希望你能认真地听一听。"

　　"有两只猫在屋顶上上蹿下跳，一不小心，两只猫抱成一团一起掉到了烟囱里。当它们从烟囱里爬出来时，一只猫的脸上沾满了黑漆漆的煤灰，而另一只猫的脸上却干干净净。脸上干净的猫看见满脸脏的猫，以为自己的脸也是脏的，赶紧跑到河边洗了脸。而脏脸猫看见干净的猫，以为自己的脸也是干净的，就到街上继续闲逛去了。"

　　年幼的爱因斯坦似乎没有听懂父亲的意思。于是父亲继续解释道："孩子，你不能把别人当成你的镜子，只有自己才是自己的镜子。把别

人当成自己的镜子，说不定会把天才照成傻瓜。"

爱因斯坦听后，羞愧地放下鱼竿，回到自己的小屋里拿起了课本。

从此，爱因斯坦时常拿自己当成镜子，用昨天的自己对照今天的自己，并不断地暗示自己：我是独一无二的，我没有必要像别人一样平庸。这就是爱因斯坦成功的秘密。

心灵感悟

即使我们原本拥有卓越的才能，长时间与甘于平庸的人在一起也可能就此沉沦下去。如果你想让自己做得更好，不妨先告诉自己"我是特别的"，然后交几个同样希望完善自己的朋友。

足够优秀才能抓住机遇

　　吉米·李在纽约市开计程车，已经有 28 年个年头，接送过的乘客数不胜数。但是这么多年来，有一个乘客他一直记得非常清楚，终生难忘。

　　那是 1970 年夏天一个星期五的上午，天气十分晴朗。吉米·李开着车子在闹市区的大街上转来转去寻找乘客。

　　不过在这样的好天气，要乘计程车的人不多。吉米·李在纽约医院对面碰上了红灯，停车等候时，他看到一个穿着考究西装的男子从医院的台阶上疾步下来，正向他挥手。

　　正在那时，绿灯亮了，后面那部车子的司机不耐烦地按喇叭，吉米·李也听到警察吹哨子要他开走，但是吉米·李不打算放弃这个客人。终于那人快步跑了过来，跳进汽车。他说："请送我去拉瓜迪亚机场。谢谢你等我。"

　　吉米·李心里想：真是好消息。这个时候，拉瓜迪亚机场很热闹，如果运气好，我可能不用等多久就有回程乘客。

　　吉米·李照例开始猜想这位乘客是个什么样的人。吉米·李遇到过各种各样的客人，有的喜欢说话，有的会一声不发，还有人只是埋头看报。

　　过了一会儿，这个客人主动开口跟吉米·李攀谈起来，问的问题再平常不过："你喜欢开计程车这份工作吗？"

　　这是一个很普通的问题，吉米·李给出的回答也很普通。"还不错。"吉米·李继续说，"糊口不成问题，有时还会遇到有趣的人。可是如果

我能找到一份每星期多赚100美元的工作，我就会改行。你也会吧？"

但这位乘客的回答让吉米·李很惊讶，他说："就算要我每星期减薪100美元，我也不会改行。"

吉米·李从来没有听过人说这样的话："你是干哪一行的？"

"我在纽约医院的神经科当医生。"

吉米·李对他的乘客总感到很好奇，并且尽量向人讨教。许多时候在路上，他都跟乘客谈得很投机，也时常得到做会计师、律师、水管匠等乘客的指点。

也许这个医生真的喜欢他的工作，或许只是因为这么好的天气让他的心情也很好。吉米·李决定请他帮个忙。这段话在吉米·李心中盘桓了很久，在快到机场时终于不顾一切地说了出来。

"我可以请你帮我一个大忙吗？"吉米·李说道，"我有一个儿子，15岁，是个很听话的孩子。他在学校里成绩不错。今年夏天我们想让他参加夏令营，他却想找份暑期工做。可是15岁的孩子，如果他父亲不认识一些老板，就不会有人雇佣他。而我就一个老板也不认识。"他停了一下。"你有可能帮他找一份暑期工作吗？没有酬劳也行。"

乘客沉默着没有开口。吉米·李开始觉得自己很傻，实在不该贸然提出这个问题。最后，车子开到机场大厦的斜路时，这位医生说："医科学生暑期有一项研究计划要做，也许他可以去帮忙。叫他把学校成绩单寄给我吧。"说着，他伸手到口袋里找名片，但是找不到。他问吉米·李："你有纸没有？"

吉米·李把装汉堡的牛皮纸袋撕下一块来。医生写了几个字，然后付完车费走了。

那天晚上，吉米·李和家人围坐在晚餐桌旁，他从衬衫口袋里掏出那小块纸来，洋洋得意地说："罗比，今天遇到的乘客可能会帮你找到暑期工作。"他高声读出来："弗雷德·普鲁梅，纽约医院。"

他的儿子罗比对此深感怀疑，他说："这是开玩笑吗？"

李的家人对这件事并没有抱太大的希望，吉米·李对儿子唠叨了很久，连哄带叫，最后还威胁不给他零用钱，罗比这才在第二天早上把成绩单寄出去。

两个星期后，吉米·李下班回家，看到儿子满面笑容。他递给吉米·李一封用精美信纸写给他的信，信纸上端印着"纽约医院神经科主任弗雷德·普鲁梅博士"的字样。信上叫罗比打电话给普鲁梅医生的秘书，约个时间面谈。

面谈很顺利，罗比得到了那份工作。做了两个星期义工之后，他开始领取每星期40美元的工资，一直到暑期结束为止。在这段时间，他跟着普鲁梅医生在医院里走来走去，做些杂事。虽然只是些微不足道的小事，但穿起白色实验服的罗比觉得自己也很重要。

第二年夏天，他继续到医院去做暑期工，这一次普鲁梅医生交给他的任务稍微重些了。中学快毕业时，普鲁梅医生想得很周到，帮他写了一些推荐信寄给几所大学。罗比最后被理想的大学录取，大家高兴极了。

第三年夏天，罗比又到医院去做暑期工作，渐渐对医学产生了浓厚的兴趣。快要大学毕业时，他申请进医学院。普鲁梅医生又替他写了推荐信，推荐他的才能、品质和工作态度。

计程车司机的儿子罗伯特·李被纽约医学院录取了。取得医学博士学位之后，罗比又做了四年外科实习医生，后来成了主任医师。现在，他已经有了自己的诊所。

有人会说这是命运，吉米·李想这的确是机遇，但是如果没有他对自己平时的严格要求，即使好运降临自己也抓不到。

心灵感悟

机会无所不在，上天始终是公正的，有些人因为把握住了机遇而获得成功，也有些人因为错过机会而与成功失之交臂。机遇不会一直出现，所以在它出现前要让自己足够优秀，这样在它来到时才能抓住它。

别怕付出

甲乙两人死后一同被引到阴曹地府，阎王查看了两人一生的功过后说："你们两个人这一生都没犯过严重的错误，准许投胎为人。现在只有两种人可供你们选择，分别是付出的人和索取的人。也就是说，一个是一生都过着付出、给予的生活，一个则是一生都靠索取、接受生活。"

甲暗忖，索取、接受不就是坐享其成吗？这种日子太舒服了，于是他抢先道："我要过索取、接受的人生！"

乙想了想，觉得不劳而获的生活没有安全感，就表示情愿过付出、给予的生活。

阎王听了两个人的决定，当下为二人许下了来世的前途："甲愿过索取、接受的人生，下辈子当乞丐，整天向人索取，接受别人施舍；乙就成为富翁，广舍钱财，享乐一生。"

心灵感悟

想要获得成功，就必须懂得付出的道理，只有付出了，才能得到回报。付出的多少，决定了成就的大小，如果一味地满足于轻松享受不愿付出努力，怎么可能得到更美好的未来呢？

梦想最珍贵

　　芝加哥市有一位名叫汤姆·史密斯的中年男子，向当地法院递交了一份诉状，要求赎回自己去埃及旅行的权利。这项内容太非同寻常了，被媒体报道后立即引起了人们极大的关注。

　　事情的起因要追溯到 30 年前，当时汤姆·史密斯才 6 岁，在威灵顿小学读一年级。有一天，老师玛丽·安小姐给学生们布置作业，让大家各自说出一个未来的梦想。绝大部分同学都非常踊跃，尤其是汤姆，他一口气说出两个：一个是拥有一头属于自己的小牛，另一个是去埃及旅行。

　　当玛丽·安小姐问到一个名叫杰米的男孩时，这个男孩竟一下子说不出来，因为他所能想的别人都说了。

　　为了让杰米也拥有一个自己的梦想，玛丽·安小姐建议杰米向同学们购买一个。

　　于是，在老师的见证下，杰米就用 3 美分向拥有两个梦想的汤姆买了一个。由于汤姆当时太想拥有一头属于自己的小牛了，于是就选择了让出第二个梦想——去埃及旅行。

　　30 年过去了，汤姆·史密斯已人到中年，并且在事业上小有成就。这些年来，他去了很多地方——瑞典、丹麦、希腊、南非，甚至还到了遥远的亚洲，然而却从来没有去过埃及。

　　难道他不想去埃及吗？当然不是。汤姆·史密斯说，从他卖掉去

埃及的梦想之后，这个梦想非但没有被遗忘，旅行的欲望反而更强烈了。然而，作为一个虔诚的基督徒和一个诚实的商人，他不能去埃及，因为他已经把这个梦想卖给别人了，除非他将这个梦想再买回来。

现在，他和妻子打算到非洲去旅行，在设计旅行线路时，妻子把埃及金字塔作为其中的一个重要项目。汤姆·史密斯再也忍不住了，他决定赎回那个梦想，因为他觉得只有那样，自己才能坦然地踏上埃及。

可惜的是，汤姆·史密斯没有如愿。经联邦法院认定，那个梦想已经价值 3000 万美元，汤姆·史密斯要想赎回去，要付出倾家荡产的代价。其中的缘由，从杰米的答辩状中可以略知一二。

对此，杰米是这样解释的：

在我接到史密斯先生律师的电话时，我正在打点行装，准备全家一起去埃及，但这并不是我一口回绝史密斯先生要求赎回那个梦想的理由。其实，真正的理由不仅仅是我们正准备去埃及，而是这个梦想本身的价值。

小时候我的家里很穷，穷到不敢拥有自己的梦想。然而，自从我在玛丽·安小姐的鼓励下，花 3 美分从史密斯先生那里购买了这个梦想之后，我彻底改变了。尽管我的物质依然贫乏，可我的心灵变得富有了。我不再把宝贵的时间浪费在打架、淘气上，这使我的学习有了很大进步。我之所以能与妻子相识，我想也完全得益于这个梦想。我的妻子对埃及文明十分着迷，如果我不是购买了那个梦想也不会想去埃及，那么我们绝不会在图书馆的书架前相遇，更不会有浪漫迷人的恋爱时光，也不会有现在的幸福家庭。

我的儿子现在哈佛大学读书，我想也是得益于这个梦想。因为从小我就告诉他，我梦想着去埃及，如果你能获得好的成绩，我就带你一起去。我想他就是在埃及金字塔的召唤下，才考入名牌大学的。我想，如果我当年没有买下那个去埃及旅行的梦想，我是绝对不会拥有今天的一切的。

　　尊敬的法官和陪审团的各位女士、先生们。我想，假如你们买下了这个梦想，你们也一定会将它融到自己的生命之中，认为它已经和你们的生活、你们的命运紧密相连。你们也一定会认为，这个梦想是你们的无价之宝。

心灵感悟

　　人的一生中最珍贵的就是梦想。我们常说现在决定未来，其实未来又何曾没有决定现在呢？这就是梦想的价值。一个人正是因为有了梦想才能把事情做得更好，为自己开辟更幸福的人生。

天才的道路

在里约热卢的一个贫民窟里，有一个非常喜欢踢足球的男孩，可是他家太穷买不起球，于是就踢塑料盒、汽水瓶，甚至还有从垃圾箱拣来的椰子壳。他在巷口里踢，在马路边踢，任何一片空地都能成为他的球场。

有一天，一位足球教练看见了这个在踢杂物的男孩，他见这个男孩踢得很专注，就主动提出送给他一个足球。小男孩有了真正的足球后踢得更卖力了，不久以后，他就能准确地把球踢进远处随意摆放的水桶里。

圣诞节到了，男孩的妈妈说："我们没有钱买圣诞节礼物送给那位好心的先生，就让我们为他祈祷吧。"

小男孩跟随妈妈祷告完毕，突然想到自己也可以送给那位教练一个礼物，于是向妈妈要了一把铲子跑了出去。他来到足球教练家门前的花园里，选了一个合适的地方开始挖坑。

就在土坑快要挖好的时候，主人走了出来。他惊讶地问男孩在干什么，男孩扬起满是汗珠的脸，说："教练，圣诞节到了，我没有钱买礼物送给您，就给您的圣诞树挖一个树坑当做礼物吧。"

教练感动地把这个男孩从树坑里拉上来，说："我今天得到了世界上最好的礼物。明天你就到我的训练场上去练球吧。"

三年后，这位17岁的小男孩在第六届足球锦标赛上独进21球，为巴西第一次捧回了冠军的金杯。一个原本默默无闻的穷小子，最终成了一代球王，他就是贝利。

心灵感悟

　　天才需要天分，更需要努力，只要你不放弃努力，就没有人能够夺走你的未来。

一个"坏孩子"的成长

20世纪美国著名的成功学大师戴尔·卡耐基小时候是一个公认的坏孩子。

在他9岁的时候，父亲把继母娶进家门。当时他们居住在乡下，生活贫苦，而继母则来自比较富裕的家庭。

父亲一边向继母介绍卡耐基，一边说："亲爱的，希望你注意这个全郡最坏的男孩，他已经让我无可奈何。说不定明天早晨以前，他就会拿石头扔向你，或者做出你完全想不到的坏事。"

可出乎卡耐基意料的是，继母微笑着走到他面前，托起他的头仔细地端详着他。接着她回头对丈夫说："你错了，他不是最坏的孩子，而是全郡最聪明最有想法的男孩。只不过，他还没有找到发泄热情的地方。"

在继母到来之前，没有一个人称赞过他聪明，他的父亲和邻居认定：他就是坏男孩。

虽然这个善良的女人就只说了一句话，但改变了一个男孩一生的命运。

继母的话令卡耐基又感动又振奋，几乎快要哭出来了。就是从这句话开始，他和继母建立起了友好的感情，也正是这一句话，成为激励他一生的动力，使他开创了美国现代成人教育，帮助千千万万的普通人走上成功的道路。

卡耐基 14 岁时，继母给他买了一部二手打字机，并且对他说，相信他会成为一名作家。于是卡耐基接受了继母的礼物和期望，并开始向当地的一家报纸投稿。

从继母身上他感受到了热忱，也很欣赏她的那股热忱，他亲眼目睹她是如何用自己的热忱，改变了他们的家庭。所以，他不愿意令她失望。

这股热忱的力量，激发了卡耐基的想象力，激励了他的创造力，唤起了他的斗志，使他成为唤醒无数迷惘者的成功学大师，成为 20 世纪最有影响力的人物之一。

心灵感悟

完善自己并不是说一开始就能有很大的进步，如果还不能做很大的事情，可以先从小事做起——就从此刻开始，从平凡开始。做好小事，我们才能够做大事。只要我们愿意改变自己，哪怕只是一点点，以后也会成为大大的进步。

第四章
相信自己，才会攻无不克——
做一个乐观向上的王子

从心的杆上跳过去

体育界一直认为，以人的体力极限而言，挺举是无法举起 500 磅的重量的。而 499 磅的纪录保持者巴雷里，比赛时所用的杠铃实际已超过 500 磅，只是因为工作人员失误才一直没有发现这个真相。这个消息发布之后，世界上有六位举重好手在一瞬间就举起了一直未能突破的500 磅杠铃。

有一位撑竿跳的选手，一直苦练都无法越过某一个高度。他失望地对教练说："我实在是跳不过去。"教练问："你心里在想什么？"

他说："我一冲到起跳线时，看到那个高度，就觉得跳不过去。"

教练告诉他："你一定可以跳过去。把你的心从竿上跃过去，你的身子也一定会跟着过去。"他撑起竿又跳了一次，果然跃过。

心灵感悟

世界上没有跨不过去的坎儿，只有无法逾越的心。心中有瓶颈，便限制了人潜在能量的爆发。因此，要想开发和利用生命潜能，最关键在于心态，突破心中的瓶颈才能成功。

屡败屡战，才配拥有喝彩

儿子都已经成年了，却没有一点男子汉的气概。

父亲很担心，去拜访一位有名的拳师，请求他帮助训练自己的儿子，让儿子重塑男子汉的气概。拳师给父亲承诺，一年后一定会把孩子训练成一个真正的男子汉。

一年后，男孩的父亲来接他，拳师安排了一场比赛来展现自己的训练成果。与男孩对打的是另外一名拳击教练。教练一出手，男孩便应声倒地。但是，男孩刚刚倒地便立即站起来接受挑战。倒下去又站了起来……如此来来回回总共二十多次。

拳师若有所思地问这个父亲："今天孩子的表现，你觉得怎么样？"

"我无地自容，不知道孩子怎么还是这个样子……"父亲伤心地回答。

拳师叹了一口气，说："恰恰相反，我对孩子的表现很欣慰。你难道没有看到你儿子倒下去又立刻站起来的勇气和毅力吗？那才是真正的男子汉气概！"

心灵感悟

一个人失败的最大原因，不是不能成功，是缺乏站起来的勇气。真正的强者不是没有失败，而是在每一次失败后还能站起来。因为，只有屡败屡战的人才配拥有喝彩！

勇闯好莱坞的年轻人

一位穷困潦倒的年轻人想做演员，他只身闯荡好莱坞。当时，好莱坞有 500 多家电影公司，他根据各个公司的不同特点和风格，带着量身定做的剧本前去一一拜访。但没有一家电影公司愿意聘用他。

这么多家电影公司，竟然没有一家公司愿意用他，这是百分之百的失败，可这位年轻人没有灰心。他又从第一家开始，继续他的第二轮拜访与自我推荐。在第二轮拜访中，他仍然遭到了全部的拒绝。第三轮的拜访结果仍旧和前两次相同。接着，他又开始第四次行动。当他拜访完 449 家后，终于，第 450 家电影公司的老板被他的执著打动，答应让他留下剧本看看再说。

没过几天，这家公司便决定投资开拍这部电影，并让他担任男主角。落魄的年轻人就是后来称霸好莱坞的动作明星史泰龙。

心灵感悟

一个人活着不能随波逐流，得有自己的目标。想要成就一番事业要有一颗百折不挠的心，只有这样才能等到成功的来临。

每天做件善事

有一个年轻的王子，几乎可以得到一切想要的东西。可是他仍然觉得自己不够快乐。

一位魔术师听说了王子不快乐的事情，走进王宫，对国王说，他有办法让王子快乐起来。国王很高兴地说："如果你真能够让王子快乐，那么，你想要什么，我都可以答应你。"

魔术师将王子带进一间黑暗的房间，在一张白色的纸上涂了些笔画。他把那张纸交给王子，嘱咐他等魔术师走后，燃起蜡烛，仔细看看纸上到底出现出了什么。说完，魔术师走开了。

这位年轻的王子遵照魔术师的嘱咐。在烛光的映照下，他看见那些笔画化成亮丽的黄色，然后几个字慢慢地清晰起来：想要快乐，很简单：每天给别人做一件善事！

从此以后，王子遵照这句话去做事。不久，全国的人民都喜欢上了这位年轻的王子，他也因此变成了全国最快乐的少年。

心灵感悟

一个人，要对别人有用，对社会有价值，才能获得别人的喜欢，才能收获快乐。

业余选手战胜了冠军

他辛苦经营的公司在经济危机中破产了，债主们都开始上门讨债。为了躲债，他离开公司早早地回到家里。

刚上初中的儿子加入了学校的网球业余培训班，他一回到家里便看出了父亲心情不对，故意向父亲谈起自己挑战冠军的事情。

"我刚进业余班那阵，对网球一点都不熟悉，甚至连球拍都不会握，可我就盯住了班上的冠军，决心一定要跟他拼拼不可。每天训练完，我就去找他挑战，当然我从来没赢过，这让我的心情很沮丧。"

父亲很好奇，问儿子："那你是如何战胜冠军的呢？""我给自己打气，认为不可能一直失败，又经过一段时间的准备后，我继续去向骄傲的冠军挑战。第一局我仍然输了。"

"第二局呢？"

"也输了。"

"……"

"可是，爸爸您知道吗？我在第三局赢了他。"

"可你最终还是输给了他。"

"不，爸爸。"儿子骄傲地说，"第三局我赢了他，在五盘三胜里，我后面还有两次战胜对手的机会！"

心灵感悟

留住希望，不要气馁，忘掉烦恼，成功就离你不远了。

我要上电视

迈克出生时，就显得与别的孩子不一样。大夫直言不讳地告诉他母亲："趁现在还来得及，还是舍弃这个孩子吧。"母亲坚持留下了这个孩子。

快3岁时，他才摇摇晃晃地学会走第一步。更为不幸的是，包括他父母亲在内，几乎没人能听懂他说的话。

7岁时的一个下午，他翻出家里的一本相册，看到了两个哥哥在电视广告中的剧照，一下子给迷住了，突然冒出了一句话："我要……我也要上电视！"在一旁看报纸的父亲摇了摇头劝道："你这辈子都没有这种可能。"

可是，迈克却不放弃继续追逐他的梦。一有空闲，他就一遍遍地借助着录像带练习跳舞和唱歌。5年后，他终于迎来了一个机会，在学校的圣诞晚会上，他扮演一个牧羊人，里面只有一句台词："嗨，真有意思！"为这句话，他反复练习了十多天，连在梦中也念叨不已。演出的那天，观众席上的一位来自好莱坞的导演听说了这件事。

接着，好莱坞导演根据他的故事，特意为他写了一部家庭片。剧中父子两人——儿子像迈克一样，患有先天性残疾——相依为命，共度艰难人生。

出乎意料，迈克获得了空前的成功。评论都说："这部影片也许不是最出色的，但是最感人的。"一夜间，迈克成了人们的偶像，信件铺天盖地般涌来。一个16岁的中学生来信说："我也患有严重的残疾，但是看到你的故事，觉得自己有了力量，你现在就是我的偶像。"

迈克告诉他："我的成功很简单，永远不要放弃自己的梦想，生活会一天天变得更美好。"

心灵感悟

　　生活在前进。是因为有希望在；没有了希望，生命就失去了生机。

　　一帆风顺固然值得羡慕，但遇到困难，也不要悲观。只要心中有希望，便有了方向，就有达到目标的一天。

要有重新再来的决心

他经历了太多的苦难。

来自于一个穷苦家庭，从小受尽磨难。1832年，他失业了。同年，他去竞选州议员，也失败。

当他再一次参加竞选州议员时，继续失败。后来，他订婚了，但离结婚还差几个月的时候，未婚妻却不幸去世。

1843年，他决定竞选州议会议长，失败了。同年，他又参加竞选美国国会议员，仍然没有成功。后来，他当上国会议员，是在1846年。

两年任期很快过去，他想争取连任，最终还是落选了，就连他申请当本州的土地官员也没有如愿以偿。可他没有服输。

失败似乎永远都不会停止。

1854年，他竞选参议员，失败；两年后，他竞选美国总统提名，被对手击败；又过了两年，他再一次竞选参议员，还是失败了。1860年，他终于当选为美国总统。他就是亚伯拉罕·林肯，一个坚强不屈的人。

心灵感悟

有信心的人不怕失败，因为你还可以重新再来！

命运喜欢捉弄人，它一会儿把你抛到天堂，一会儿把你扔到深不见底的地狱，好像你被命运抛弃了一样。可是无论如何，人还是要掌握自己的命运，相信自己的能力，并有重新再来的决心。

好运气留给准备好的人

经济萧条时期，钱难赚，工作难找。一位小男孩，看到父母每天起早贪黑地工作却无法养活一家人，所以想去找个工作。他的运气不错，正好有一家商铺在招小店员。小男孩就跑去试。这个店里只招一个人，结果却有七个小男孩都想在这里碰运气。

店主说："你们都非常棒，可是我只能要你们其中的一个。我们来一场小小的比赛吧，谁最终胜出了，谁就留下来。"

大家都同意了。店主接着说："我在这里立一根细钢管，在距钢管2米的地方画一条线，你们都站在线外面，然后用小玻璃球投掷钢管，每人十次机会，谁掷准的次数多，谁就胜了。"

结果这天没有一个人能掷准一次，店主让明天来继续比赛。

第二天，七个人只来了三个。店主说："恭喜你们，你们已经成功地淘汰了四个竞争对手。现在比赛将在你们三个人中间进行，规则不

心灵感悟

可见，好运会留给准备好的人。生活中，也有很多机会，只要用心去把握，认真去准备，自然会降临到你的身上。

变，祝你们好运。"

前两个小男孩很快掷完了，其中一个还掷准了一次钢管。

轮到这个小男孩了。他不慌不忙站到线的前面，瞅准位置，然后将玻璃球一颗一颗地掷了出去。他一共掷准了七下。

店主和另外两个小男孩都很惊讶：这种游戏几乎完全靠运气，而这好运气为什么会一连在他头上降临七次？

店主说："恭喜你，小伙子，你胜利了，可是你能否告诉我，你胜出的诀窍是什么吗？"

小男孩眨了眨眼睛说："昨天我一晚上没睡觉，都在练习投掷。"

爱可以改变一切

有个小男孩因患病导致腿脚很不灵便，走起路来一瘸一拐的。他认为自己是世界上最不幸的孩子。他不愿意和其他同学一起玩耍，老师叫他回答问题，他也总是一言不发。

春天来了，小男孩的父亲买回来一些树苗，他把孩子们叫过来，让他们在屋前每人栽上一棵。并对他们说，谁栽的树苗长得最好，就给谁买一件礼物。小男孩也很想得到父亲的礼物，可是看到兄妹们蹦蹦跳跳提水浇树的身影，他没了信心，反倒希望自己栽的那棵树早日死去。因此，他索性不管这颗树苗了。过了几天，小男孩竟然发现小树苗不仅没有枯萎，而且还长出了几片新叶子，与兄妹们种的树相比，显得更有生气，更加茁壮。

小男孩的父亲兑现诺言，给他买了他最喜爱的礼物，并对他说，

心灵感悟

再弱小的生命，只要在爱的精心灌溉下，也会茁壮成长、成才。

嘻哈版 故事会

从他栽的树来看，他长大后会大有成就，能成为一个出色的植物学家。渐渐地小男孩不再自卑，开始变得乐观向上起来。

一天晚上，小男孩躺在床上睡不着，忽然想起生物老师曾说过的话：植物一般都在晚上生长。他决定去看看自己的那棵小树是怎么生长的。他轻轻地来到院子里，却看见父亲在向自己栽种的那棵树下泼洒着什么。他什么都明白了，原来是父亲在一直偷偷地为自己栽种的那棵小树施肥！小男孩看着父亲，泪水流出了眼眶……

这个小男孩最终没有成为一个植物学家，但他取得了更大的成就，他成为了美国总统，名字叫富兰克林·罗斯福。

两个拉琴的年轻人

有一个喜欢拉琴的年轻人，他刚到美国时，身无分文，与一位黑人琴手结伴在一家商业银行的门口前卖艺赚钱。

等他赚到了一些钱后，和搭伴的黑人琴手道别，因为他要进入大学进修，他将全部的时间和精力投入到了提高音乐素养和琴艺上……

十年后，他发现黑人琴手还是老样子，仍然在那最赚钱的地盘拉琴。黑人琴手见到他，很高兴，问道："兄弟，你现在在哪里拉琴啊？"

他回答了一个很有名的音乐厅的名字，黑人琴手点点头："那家音乐厅地段很好，门前也是一个赚钱的好地盘。"

黑人琴手哪里知道，十年后的伙伴已经变成了一位知名的国际音乐家，他是以音乐家的身份在举世闻名的音乐厅登台献艺。

心灵感悟

活着的目的不单单是为了吃饭。而在激流湍急的生活中，不进步就是失败，只有努力，才是通往荣誉的必经之路。

梦想是人生的引领者

　　达尔文出生于英国施鲁斯伯里镇的一个医生家庭，父母希望他继承祖业，以后当个医生。在 16 岁时，他便被父亲送到爱丁堡大学学医。

　　达尔文对医学毫无兴趣，却对自然历史产生了浓厚的兴趣。父亲认为他不务正业，于 1828 年又送他到剑桥大学，改学神学。达尔文对神学也没有兴趣。可在剑桥期间，他认识了当时著名的植物学家亨斯洛和著名地质学家席基威克，他对植物学和地质学产生了浓厚的兴趣，就完全放弃了神学的学习。

　　1831 年剑桥大学毕业后，达尔文开始一次环绕世界的科学考察航行。先在南美洲东海岸的巴西、阿根廷等地和西海岸及相邻的岛屿上考察，然后跨越太平洋至大洋洲，继而越过印度洋到达南非，再绕过好望角经大西洋回到巴西，最后于 1836 年 10 月 2 日返抵英国。这次航海改变了达尔文的生活。他回国后一直忙于研究，立志成为一个促进进化论的严肃的科学家。

　　1859 年，达尔文出版了《物种起源》，提出了优胜劣汰这一震惊世界的发现。这一著作终结了上帝创造人类的神话，为人类的思想解放开辟了新纪元。

心灵感悟

　　自由选择的权利，是你作为自己所拥有的最有力工具。

　　生活就像旅行，梦想是导游者。选择梦想等于选择了你人生的引领者。如果没有梦想，一切都会停止，更不用说取得成功了。

选择最适合自己的

有一位少年，他的理想是成为一名舞蹈家。

在当时，舞蹈很热门，但也是一门属于贵族的艺术。少年家里贫穷，根本无钱供他上舞蹈学校。可这少年不死心，每天跟父母据理力争，甚至以绝食抗争。父亲没有办法，只好跟他签了个协议：允许他夜晚进舞蹈学校学习，但学费及生活费得他自己想办法解决。

少年打算自力更生，可他没有别的特长，只是从小跟父母学过一点儿裁缝活儿。比较幸运的是，有一家缝衣店在招工人，他应聘上了，但每天要工作十多个小时，劳动强度大，而且工资极低。过了半年，少年已经很疲惫不堪了，可也没攒到多少钱，他感到了绝望，万念俱灰之际，他给当时心目中的偶像、人称"芭蕾音乐之父"的布德里教授去了一封信，请求指点迷津。

布德里很同情少年的悲惨遭遇，但学习舞蹈光靠爱好还不行，还需要天赋，更需要家境、环境等因素的支持，只凭一腔热情和信念是远远不够的。基于此，布德里给少年回了信，给他全面分析了学舞蹈的条件，同时启发他，舞蹈不能当做生活的全部，只能当做生命的一部分。

布德里的回信对少年启发很大，他决定暂时放弃舞蹈，他要先找到一条适合自己的生存之路，等到时机成熟，再学舞蹈。可这条路在哪儿呢？

这天晚上，少年因为烦闷来到一家酒吧。这时，一位气质优雅的女士向他走来，摸着他身上的衣服，赞不绝口，问他是从哪儿买的。少年说是自己制作的，这让女士惊讶万分："天啊，好孩子，你太厉害了。我有预感，你将来一定会成为一个出色的服装设计师的，你也会因此发大财。"

那一刻，少年忽然发现：最适合自己的生存方式是缝衣服，而不是舞蹈。缝衣服，对他来说，最熟悉也最现实。当下，他来到巴黎，向各个有名的时装店毛遂自荐，最后，巴黎最有名的伯坎女式时装店录用了他。从此，他凭借自己在设计上的天赋与灵感，走上了一条时装设计的道路。10年之后，少年的身份，已变成举世闻名的服装设计巨匠。他就是皮尔·卡丹。

心灵感悟

成功的概念很难确定。每个人的精力和时间是有限的，要想成功，尽量做自己擅长的。当在人生的十字路口迷失方向的时候，记住，选择最熟悉、最现实的一条，这才是通往成功最近的道路。

小画家的梦想

一个年仅21岁的小画家，怀揣仅有的40美元，来到堪萨斯城寻找自己的梦想。

他很不顺利，经历了很多次的失败，身上带的钱也很快花光。他因无钱交房租，只好借用一家废弃的车库作为画室，他甚至每天晚上都能听到老鼠"吱吱"的叫声。

一天，他半梦半醒之间，昏沉沉地抬起头，在幽暗的灯光下，他看见有一双亮晶晶的小眼睛在闪动。他知道这是一只小老鼠，在以后的日子里，他与这只小老鼠朝夕相处，他们之间仿佛建立了一种默契和友谊。

没过多久，他有了一个机会，去好莱坞制作一部卡通片。然而，他设计的卡通形象一一被否决，他再次失败，再次变得身无分文，在无数个不眠之夜，他不停地思索，甚至怀疑自己的梦想到底要不要坚持。

突然之间，他想起了那双亮晶晶的小眼睛！灵感像一道电光在黑夜里闪现了：小老鼠！就画那只可爱的小老鼠！全世界儿童所喜爱的卡通形象——米老鼠就这样诞生了。从此以后，他凭借着自己的才干和灵感，一步步筑起了迪斯尼大厦。

这个小画家就是日后大名鼎鼎的沃尔特·迪斯尼。

心灵感悟

很多时候，我们不成功，不是一无所有，是因为我们不去思考，更没有行动。这样很多机遇与我们擦肩而过。

奇怪的现象

外科医生费烈德在一次解剖尸体时发现了一个奇怪的现象：病人身体中患病的器官并不像想象中那样千疮百孔，恰恰相反，这些器官为了抵抗病魔，会付出艰辛的努力，因而它们的机能甚至比正常的器官要强。

最初他是从一个肾病患者的遗体中发现了这一点的。刚开始，费烈德也以为患病的器官一定很糟糕，可是，当他从死者的体内取出那个患病的肾时，他发现那个肾比正常的大，甚至另外一个也是大得超乎寻常，而且机能也没有完全衰退。后来，费烈德就开始注意这些现

象，经过多年的医学解剖过程，他不断地发现那些患病的心脏、肺等几乎所有的人体器官都存在着类似的情况。也就是说，一个心脏病人的心脏并不是我们想象的那样虚弱，它甚至比我们每一个正常人的心脏都要大，机能更强。

根据这一发现，费烈德写了一篇很有影响力的论文。在论文中他指出，患病器官因为和病毒

搏斗而使其功能不断增强。如果人体有两个相同的器官，一个死亡后，另一个会承担起全部的责任，这样的努力使得健全的器官变得更加强大。

除了人体的器官如此之外，费烈德还发现，在人类中间，也存在这样的现象。他在给美术学院的学生治病时发现，这些学生的视力远不如正常人的视力，甚至有些还是色盲。这个发现让费烈德很感兴趣。他开始进行更广泛的调研。他在对艺术院校教授的调研中发现，一些颇有成就的教授之所以走上艺术之路，取得很高的艺术成就，大都是受了生理缺陷的影响。普通人所认为的缺陷并不是阻碍了他们，而是促进了他们的艺术追求。费烈德把这一发现称之为"跨栏定律"，他认为横在人们面前的栏杆越高，人才会跳得越高。

这个定律很好地解释了盲人的听觉、嗅觉、触觉比常人灵敏的原因，而失去双臂的人之所以能够更好地掌握平衡也恰恰是同样的理由。

心灵感悟

身体上的缺陷并不是我们成功的障碍，只有心灵上的缺陷才能阻碍我们的成功。

乞丐的梦

深秋来临了，年轻的乞丐托马斯一整天都没有讨到吃的东西，他走到一条街道拐角处，靠着石梯迷迷糊糊地睡着了。

睡梦中，托马斯得到了一大笔金钱，他用这笔金钱开办了一家大公司，购置了一所很美丽的别墅，娶了一位高挑美丽的姑娘。这位姑娘为他生了三个健壮的儿子。三个儿子长大之后，一个成了杰出的科学家，一个当上了国会议员，最小的儿子则成了一位将军。不久，儿子们娶妻，给托马斯添了几位活泼可爱的孙子。

再后来，托马斯成为世界级富豪，日子过得舒坦极了，他常常带着妻子和孙子们登上市内最高的观光塔，心满意足地观赏着城市的美景。一天，当他抱着最小的一位孙子正在塔顶观看晚霞的时候，不知怎么的一下子从塔顶上摔了下来……

他醒了过来，睁开眼睛一看，才意识到自己是在做梦，自己仍然躺在冰冷的石板上，只有怀中抱着的一件破棉袄仿佛在提醒他，现在最需要的是找点填肚子的东西。

心灵感悟

只有梦想而没有实际行动，梦想也只能是梦想。如果只有梦想而不愿为梦想付出努力和行动，那么，梦想永远没有实现的那一天。

只有奋斗和努力是真实的

　　4岁的小克莱门斯上学了，他的老师霍尔太太是一位虔诚的基督徒，每次上课前，她都会带着孩子们进行祈祷。有一天，霍尔太太给孩子讲到"祈祷，就会获得一切"的时候，小克莱门斯忍不住站了起来，他问道："是不是我祈祷上帝，上帝就会给我想要的东西？"

　　"是的，孩子，只要你虔诚地祈祷。就会得到你想要的东西。"

　　小克莱门斯家境贫穷，他很想得到一块很大的面包，他的同桌每天都会带着一块诱人的面包来到学校，而他从来没有吃过那样诱人好吃的面包。她常常问小克莱门斯要不要尝一口，小克莱门斯每次都坚定地摇头，但他心里很渴望能吃到那样的面包。

　　放学的时候，小克莱门斯对同桌说："明天我也会有一块大面包。"回到家后，小克莱门斯就关起了门，开始进行祈祷，他相信上帝一定会被自己的诚心感动！然而，第二天，当他把手伸进书包的时候，里面除了几本破旧的课本什么也没有。小克莱门斯决定每天晚上都要祈祷，一定要等到面包降临。

　　一个月后，同桌问小克莱门斯："你的面包呢？"

　　小克门斯一直没有得到自己想要的面包，也无法继续自己的祈祷了。他告诉同桌，上帝也许没有看见自己在进行祈祷，因为，每天肯定有很多像他这样的孩子进行着这样的祈祷，而上帝只有一个，他怎么能忙得过来呢？同桌笑着说："原来祈祷的人都是为了一块面包，但一块面包用几个硬币就可以买到了，人们为什么要花费这么多的时间去祈祷，而不是去赚钱买面包呢？"

同桌说出了小克莱门斯自己想要知道的——只有通过实际的工作才能获得自己想要的东西。而再虔诚的祈祷，也只能让你停留在等待中。小克莱门斯对自己说："我不要再为一件卑微的小东西祈祷了。"他带着坚定信心走向了新的道路。

多年以后，小克莱门斯长大成人，当他用笔名马克·吐温发表作品的时候，他已经是一名为了理想勇敢战斗的作家了。他再没有祈祷上帝，因为他知道只有奋斗和努力是真实的，只有自己的汗水是真实的。

心灵感悟

天助自助的人。祈祷天堂里的上帝，不如相信真实的自己；祈祷虚无的恩赐，不如付出诚实的劳动。

创造奇迹没那么难

1968 年的春天，罗伯特·舒乐博士要在加州用玻璃建造一座水晶大教堂，他向著名设计师菲力普·约翰逊表达了自己的构想："我不要一座普通的教堂，我要在人间建筑一座前所未有的伊甸园。"

约翰逊问起他的预算有多少，舒乐博士坚定而明快地说："我现在身无分文，一分钱也没有，所以 100 万美元与 1000 万美元的预算对我来说没有任何区别。重要的是，这座教堂本身已经有足够的魅力来吸引捐款。"

教堂最终的预算为 700 万美元。700 万美元对于当时的舒乐博士来说是一个天文数字。当天夜里，舒乐博士拿出一页白纸，在最上面写上 700 万美元，然后又写下 10 行字：

寻找 1 笔 700 万美元的捐款

寻找 7 笔 100 万美元的捐款

寻找 14 笔 50 万美元的捐款

寻找 28 笔 25 万美元的捐款

寻找 70 笔 10 万美元的捐款

寻找 100 笔 7 万美元的捐款

寻找 140 笔 5 万美元的捐款

寻找 280 笔 25000 美元的捐款

寻找 700 笔 1 万美元的捐款

卖掉 10000 扇窗，每扇 700 美元

对 700 万美元进行分解之后，舒乐博士对预算的金额有了清晰的概念，也有了信心。

两个月后，他用水晶大教堂奇特而美妙的模型打动了富商约翰·科林，让他捐出了第一笔 100 万美元。

紧接着，一位倾听了舒乐博士演讲的农民夫妇，捐出第一笔 1000 美元。

第三个月时，一位被舒乐博士孜孜以求的精神所感动的陌生富豪，给舒乐博士寄来了一张 100 万美元的银行支票。

八个月后，一名捐款者对舒乐博士说："如果你能筹到 600 万美元，剩下的 100 万美元由我来支付。"

9 个月的时候，舒乐博士以每扇 700 美元的价格，请求美国人名誉认购水晶教堂的窗户，付款的办法为每月 50 美元，10 个月分期付清。6 个月内，一万扇窗全部售出。

历经了 12 年，终于在 1980 年的 9 月，可容纳 10000 多人的水晶大教堂竣工，成为世界建筑史上的奇迹与经典，也成为世界各地前往加州的人必去瞻仰的胜景。

水晶大教堂最终的造价为 2000 万美元，这些都是舒乐博士一点一滴筹集而来的。

心灵感悟

每个人都可以摊开一张白纸，敞开心扉，写下自己的梦想，然后再写下实现梦想的途径。最终你会发现，创造奇迹没有那么难。

让梦想飞起来

一位穷苦的牧羊人带着两个幼小的儿子替别人放羊。

一天，他们赶着羊群来到一座山坡上，一群大雁从天空呼啸而过，很快消失在远方。

牧羊人的小儿子问父亲："大雁要往哪里飞？"牧羊人说："它们要去一个温暖的地方，在那里安家，度过寒冷的冬天。等天暖和了，还会飞回来。"

大儿子羡慕地说："要是我们也能像大雁那样能飞起来就好了。"

小儿子也说："要是能做一只自由自在会飞的大雁该多好啊！"

牧羊人沉默了一会儿，对儿子说："只要你们想飞，就一定也能飞起来。"

两个儿子扬起了胳膊，试了试，都没能飞起来，他们怀疑地看着父亲。牧羊人说："让我飞给你们看。"于是他张开双臂，学着大雁的样子，但也没能飞起来。可是，牧羊人没有沮丧，他肯定地说："我是因为年纪大了才飞不起来，你们年纪还小，只要不断努力，将来就一定能飞起来，等你们能飞起来的时候，你们就可以去任何想去的地方。"

两个儿子牢牢记住了父亲的话，并一直不懈地努力着。等到他们长大——哥哥 36 岁，弟弟 32 岁——两人果真飞起来了，因为他们发明了飞机。这两个儿子，就是美国著名的莱特兄弟。

心灵感悟

信念是一支火把，它可以燃起一个人的激情和潜能，让他飞入梦想的天空。

·143·

自立才能自强

把一只长颈鹿带到世上是一个艰难的过程。

小长颈鹿从母亲的子宫里掉出来，落到大约 3 米高的地面上，通常后背着地。几秒钟内，它翻过身，把四肢蜷在身体下。依靠这个姿势，它第一次得以审视这个世界，并甩掉眼睛和耳朵里最后残存的一点羊水。然后，长颈鹿母亲便用粗暴的方式把它的孩子带到现实生活中。

长颈鹿母亲尽力低下头，以看清小长颈鹿的位置，将自己确定在小长颈鹿的正上方。它等待了大约一分钟，然后做出最不合常理的事——她抬起长长的腿，踢向它的孩子，让它翻了一个跟斗后，四肢摊开。

如果小长颈鹿不能站起身，这个粗暴的动作就被长颈鹿妈妈不断地重复。为了能够站起来，小长颈鹿拼命努力。因为疲倦，小长颈鹿有时会停止努力。母亲看到，就会再次踢向它，迫使它继续努力。最后，小长颈鹿终于第一次用它颤抖的双腿站起身来。

这时，长颈鹿母亲会再次把小长颈鹿踢倒——她想让它记住自己

心灵感悟

物竞天择，只有强者才能在竞争激烈的自然界中生存下去。人生的路是漫长的，任何人都不可能永远陪伴在你身边去一起面对外面的风雨，只有自立自强，才能不惧怕任何困难。

是怎么站起来的。在荒野中，小长颈鹿必须能够以最快的速度站起来，以免使自己不与鹿群脱离，在鹿群里它才是安全的。狮子、狼等野兽都喜欢猎食小长颈鹿，如果长颈鹿母亲不教会它的孩子尽快站起来，与大部队保持一致，那么它很快就会成为这些野兽的猎物。

永远不要忘记自己的理想

德国有一个商人叫亨利·谢里曼，他从很小的时候就深深迷恋《荷马史诗》，并暗下决心，一旦他有了足够的收入，就投身考古研究。

从12岁起，谢里曼就自己挣钱谋生，先后做过学徒、售货员、水手、银行信差，后来在俄罗斯开了一家商务办事处。

他从未忘记过自己的理想。利用业余时间，他自修了古代希腊语和多门外语，这些都为日后进行考古研究打下了基础。

多年以后，谢里曼终于积攒了一大笔钱。当人们以为他会大大享受一番时，他却放弃了有利可图的商业，把全部时间和钱财都花在追求儿时的理想上去了。

谢里曼坚信，通过发掘，一定能够找到《伊利亚特》和《奥德赛》中所描述的城市、古战场遗址和那些英雄的坟墓。

1870年，他开始在特洛伊挖掘。没过几年，他就发掘出了9座城市，并最终挖到了两座爱琴海古城：迈锡尼和梯林斯。这样，商人谢里曼成了发现爱琴海文明的第一人，其发现在世界文明史中有着重要意义。

这个时候，人们才真正明白了为什么痴迷考古的谢里曼要花费那么多时间去赚钱，因为像许多事业一样，考古研究特别是发掘需要大量资金投入，也需要衣食无忧的心态。

心灵感悟

在平面上，两点之间线段最短。世间并没有真正意义上的障碍，有的只是不同的心态，不同的途径。不管怎样，有梦想去追求，才会实现。

一道选择题

在一座小镇上，一个由 22 个孩子组成的班级被安排在教学楼最里面一间光线昏暗的教室里。他们都是一些问题孩子，每个人都有过一些不光彩的历史：有人进过管教所、有人吸过毒、有一个女孩子甚至在一年内流产 3 次。家长拿他们没办法，老师和学校也束手无策，几乎放弃了他们。

这个时候，有一个叫菲拉的女教师主动担任了这个班的辅导老师。新学年开始的第一天，菲拉没有像以前的老师那样，首先对这些孩子进行一顿训斥，而是为大家出了一道题：

有 3 个候选人，他们分别是——

A：笃信巫医，道德败坏，有多年的吸烟史，而且嗜酒如命；B：好吃懒做，曾经多次被辞退，每天要到中午才起床，每晚都要喝大约 1 公升的白兰地，还吸食鸦片；C：是国家的战斗英雄，一直保持素食习惯，热爱艺术，偶尔喝点酒，从未做过违法的事。

菲拉给孩子们的问题是：

如果我告诉你们，在这 3 个人中，有一位会成为众人敬仰的伟人，你们认为会是谁？猜想一下，这 3 个人将来各自会有什么样的命运？

第一个问题，答案似乎毋庸置疑，孩子们都选择了 C；对于第二个问题，大家的结论也几乎一致：A 和 B 的命运肯定不会好了，要么成为罪犯，要么一个寄生虫。而 C 呢，是一个品德高尚的人，注定会成为社会精英或者伟大的人物。

然而，菲拉的答案却让人大吃一惊。"孩子们，你们的结论看起来没错，因为它符合一般的判断，但事实是，你们都错了。这3个人大家都不陌生，他们是二战时期的3个著名人物——A是富兰克林·罗斯福，他有残疾，却身残志坚，连任四届美国总统；B是温斯顿·丘吉尔，他是英国历史上最有名的首相；C是阿道夫·希特勒，一个夺去了几千万无辜生命的法西斯元首。"学生们都呆呆地瞅着菲拉，有些不敢相信自己的耳朵。

"孩子们，"菲拉接着说，"你们的人生才刚刚开始，人生还很长，即便有过错误和耻辱，那也只是过去。真正能代表一个人一生的，是他现在和将来的所作所为。人无完人，最伟大的人物也会出错。从过去的阴影里走出来吧，从现在开始，努力做自己最想做的事情，你们都将成为了不起的优秀的人才……"

菲拉的这番话，彻底改变了26个孩子的命运。如今这些孩子都已长大成人，他们中有的做了法官、有的做了心理医生、有的做了飞机驾驶员。值得一提的是，当年班里那个个子最矮也最爱捣乱的学生罗伯特·哈里森，后来成了华尔街上最年轻的基金经理人。

"所有人都认为我们已经无可救药，连我们自己都这么认为。是菲拉老师第一次让我们觉醒：过去并不重要，我们还有可以把握的现在和将来。"在多年后的一次聚会上，这些已经长大成人的孩子们这样说。

心灵感悟

一位心理学家这样说过：你对孩子怎样描述，他们就怎样以你描述的样子成长。你说他是个无赖，他就会慢慢变得像个无赖；你说他聪明，他就可能真的变得十分聪明。所以，孩子们，不要被别人的言论所左右，努力去做自己吧。

邮差薛瓦勒之理想宫

去法国旅游的人，很多人都喜欢去一个景点：邮差薛瓦勒之理想宫，这里面有很多风格迥异的城堡。为什么这个旅游景点如此吸引人呢？

这个景点的迷人之处不在于它是一个侯爵留下的故居，也不是有现代化的人工景点，而是来自于它传奇般的建筑过程。

一百多年前，一位名叫薛瓦勒的乡村邮差每天徒步奔走在乡村之间。有一天，他行走在崎岖的山路上，被一块石头给绊倒了。

薛瓦勒起身，拍拍身上的尘土，准备再走。可是突然发现绊倒他的那块石头的样子十分奇异。他捡起那块石头，左看右看，有些爱不释手了。于是，薛瓦勒把那块石头放在了自己的邮包里。

村子里的人看到他的邮包里除了信之外，还有一块沉重的石头，都很奇怪，好意地劝他："还不如把它扔了呢，你每天要走那么多路，这可是一个不小的负担哟。"

薛瓦勒取出那块石头，有点不舍地说："这样美丽的石头，扔掉太可惜了。"

人们笑了，说："这样的石头山上到处都是，你随时都能捡到，够你捡一辈子的。"

薛瓦勒回突然产生了一个念头，如果用这样美丽的石头建造一座城堡那将会多么迷人。于是，他每天在送信的途中都会去寻找石头，每天总是带回一块。不久之后，薛瓦勒便收集了一大堆奇形怪状的石头，但用这些石头来建造城堡还远远不够。

为了更方便地收集石头，薛瓦勒开始推着独轮车送信，只要发现他喜欢的石头都会往独轮车上装。

从此以后，薛瓦勒开始了忙碌的生活。白天，他是一个邮差和一个运送石头的苦力；晚上，他又是一个建筑师，他按照自己天马行空的想法来建造自己的城堡。

薛瓦勒的行为，让身边的人都感到不可思议，甚至有人认为他的精神一定出了问题。

在接下来的二十多年时间里，薛瓦勒没有停止，不停地寻找石头，搬运石头，堆积石头。终于，在他的住处，出现了许多错落有致的城堡。后来，法国一家报纸的记者发现了这群低矮的城堡，这里的风景和城堡的建筑格局令他叹为观止，他写了一篇介绍薛瓦勒的文章。文章刊出后，薛瓦勒迅速成为全国闻名的新闻人物。许多人都慕名前来参观城堡，连当时最有声望的毕加索也专程参观了薛瓦勒的建筑。这个地方也迅速成为闻名的旅游胜地。

现在，在城堡的石块上，有一句话就刻在入口处一块石头上："我想知道一块有了愿望的石头能走多远。"据说，这就是那块当年绊倒过薛瓦勒的石头。

心灵感悟

在生活中，想做一件事，不必在乎别人的评头论足。只要自己心中有一盏明灯，并追随明灯的指引，努力前进，最终会到达自己的理想之地。

梦想只需要一个硬币

美国著名的喜剧演员大卫·布伦纳出身贫寒。小时候，他经常为一顿饭、一双鞋子发愁。

12岁那年的圣诞节，他的同学几乎每个人都得到了家长赠送的精美礼品，唯独他没有收到任何礼物。

回到家里，大卫显得很伤心。他小心翼翼地告诉父亲，自己也想得到一份圣诞礼物。

父亲看着儿子，把手伸进口袋摸出了一枚硬币。"孩子，这是我给你的礼物，你去买一样和别人不同的东西吧。"正在这时，一个卖报的人从他们的家门口经过，父亲说："我想你应该去买一份报纸，或许上面有你喜欢的故事。"

大卫真的去买了一份报纸。上面有一篇介绍一位喜剧演员人生经历的文章，使大卫很受感动。他放下报纸，想着自己要是也能做一名喜剧演员该多好啊！于是，他决定去学喜剧表演。

多年过去，大卫终于成功了，他成了美国最著名的喜剧表演大师。大卫回忆说："当时，父亲没有更多的钱给我买东西，现在才懂得，我的同学得到了汽车或者布娃娃，看起来很让人羡慕。而我得到了一个美好人生的梦想。"

心灵感悟

也许一个梦想只需花一个硬币，却可以让人享用一生。

有时候，人生就是在偶然间铸就的，但是只有偶然还不够，必须捉住"偶然"提供的灵感，付诸行动，坚持下去。

灿烂阳光下的幸福

一个阳光灿烂的早晨，垂垂暮年的富翁坐在他的豪宅门口，看着门前来来往往的行人。

富翁看到几个年轻人说说笑笑地走近，他们的脸上还留着稚气，质朴和衣着下透出无法掩饰的青春神采。

富翁想，如果我能回到他们那样的年龄，即使只给我一年，我也愿意献出全部的财富。

年轻人也看到了富翁，他们在豪宅前漫步走过，禁不住连连感叹。豪宅的大厅金碧辉煌，富翁的钻戒在太阳下闪烁着迷人的光彩。年轻人心想，要是能拥有富翁哪怕十分之一的财富，为此付出任何代价都在所不惜。年轻人走过之后，富翁感到很失落，他为岁月的无情而绝望。而年轻人看到富翁拥有的财富之后，心里很嫉妒，他们觉得上帝很不公平。

阳光灿烂的早晨，富翁和年轻人的心情都很灰暗。一个乞丐躺在豪宅墙外的马路边，因为阳光很好，他把旧衣裳一件件拿出来，晒在路边的树枝上。他眯起双眼，在灿烂的晨光中开始打盹。他没看见富翁，也没看见年轻人。他只看见了遍地阳光，觉得生活中的一切都是美好的。

心灵感悟

在这个世界上，聪明的人总会发现自己比别人拥有得更多，愚蠢的人总是觉得自己比别从拥有得更少。所以，聪明的人总是快乐的，愚蠢的人总是在怨天尤人。珍惜已经拥有的一切吧，像乞丐珍惜阳光那样。

离矿脉只有三英寸

20 世纪 60 年代，美国人达比和叔叔到遥远的西部去淘金，他们经过几个星期辛苦的挖掘后，终于发现了金灿灿的矿石。他们悄悄将矿井掩盖起来，回到家乡马里兰州的威廉堡，准备筹集大笔资金购买采矿设备。

很快，他们的淘金事业便风风火火地开始了。当采掘的首批矿石被运往冶炼厂时，专家们断定他们开采的可能是美国西部罗拉地区最大的金矿之一。达比只用了两车矿石，便将所有的投资成本全部收回。

可是，没有高兴多久，却发生了一件很奇怪的事：金矿脉突然消失！

这让达比万万没有料到。尽管他们继续拼命地钻探，试图重新找到矿脉，但是努力了很久，也没有找到。万般无奈之下，他不得不忍痛放弃了几乎要使他们成为新一代富豪的矿井。

接着，他们将全套的开矿设备卖给了当地一个旧货商，带着满腹的遗憾和失望回到家乡威廉堡。

就在他们刚刚离开后没几天，这个旧货商人突发奇想，决定去那口废弃的矿井碰碰运气。他请来一名专业的采矿工程师考察矿井，只进行了一些简单的检测之后，工程师便指出前一轮工程失败的原因，业主不熟悉金矿的断层线。考察的结果表明：更大的矿脉其实就在距达比停止钻探三英寸的地方！

心灵感悟

很多时候，我们可能离梦想只有一步之遥，却因为被现象所蒙蔽而选择了放弃。梦想的实现需要坚持，也需要智慧。

蜘蛛给人的启示

一只蜘蛛在两堵墙的交界处结了网，把家安了下来，但是，它的家因为常常遭遇风雨的袭击，生活并没有变得安宁起来。

这一天，大雨再次来临，它织的网又一次遭受劫难。大雨过后，这只蜘蛛向墙上已经支离破碎的网艰难地爬过去。墙壁很潮湿，它爬到一定的高度就会掉下来。可它一次次地向上爬，又一次次地掉下来……

这个时候，有三个人在墙里面躲雨，他们都看到了蜘蛛爬上去又掉下来的情景，开始讨论起来。

第一个人看着蜘蛛这样一次一次地爬上去，一次一次地跌落，叹了一口气，自言自语地说："我的一生就像这只蜘蛛，一直都在忙忙碌碌可结果却是一无所得。也许我的命运和这只蜘蛛是一样的，永远都无法改变。"于是，他继续沉迷于颓废之中，日渐消沉。

第二个人在一旁静静地看了一会儿，有些不屑一顾地说："这真是一只愚蠢的蜘蛛，为什么不从旁边干燥的地方绕一下爬上去呢？或者等干燥了再爬呢？以后我可不能像它那样愚蠢。遇到棘手的问题时，一定要用头脑认真思考，不能一味地埋头苦干，要寻找解决问题的捷径。"从此，他变得聪明起来了。

第三个人专注地看着屡败屡战的蜘蛛，他为之震撼了，他想："这只小小的蜘蛛竟然这样的执著和顽强，有这样的精神就一定可以取得成功。我真应该向这只蜘蛛学习！"受这只蜘蛛的启发，他从此坚强无比。

心灵感悟

善于发现，善于思考，处处都能发现成功的力量。成功的本质是蕴藏在人的内心的，总想着成功的人，在什么地方都能受到启迪。

每个生命都有自己的使命

一个美丽的花园里长满了各种各样的植物，有苹果树、橘子树、梨树和玫瑰花，等等，它们都幸福而满足地生活着。唯独一棵小杨树愁容满面。可怜的小家伙被一个问题困扰着，那就是，它不知道自己是谁，它想知道自己是谁。

苹果树认为小杨树不够专心，它告诉小杨树："只要你真正地去努力，一定会结出美味的苹果，你看多容易！"

玫瑰花对小杨树说："别听它的，开出玫瑰花来才更容易，你看多漂亮！"

失望的小树按照它们的建议拼命努力，可它既没有结出苹果，也没有开出玫瑰花。这让它觉得自己很失败。

一天，鸟中的智者大雕来到了花园，它听说了小树的困惑后，对小杨树说："你不要担心，地球上的许多生灵都面临着和你一样的问题。让我来告诉你怎么办。不要把生命浪费在去变成别人希望你成为的样子，你就是你自己，你就做自己。你要试着了解你自己，要想做到这一点，必须倾听自己内心的声音。"说完，大雕就飞走了。

小杨树自言自语道："了解我自己？做我自己？倾听自己内心的声音？这说起来容易，可怎么做到呢？"突然，小树茅塞顿开，它听到了自己内心的声音："你永远都结不出苹果，因为你不是苹果树；你也不可能开花，因为你不是玫瑰。你是一棵杨树，你的命运就是要长得高大挺拔，给人们遮阴，让游人遮阴，创造美丽的环境。这就是你的使命，赶快去完成它吧！"

小杨树的身上顿觉充满了力量和自信，它开始为自己的目标努力。很快它就长成了一棵大杨树，它填满了属于自己的空间，找到了自己的位置，最后也赢得了大家的尊重。

心灵感悟

每个人都有自己的位置，都有自己需要完成的使命。不能因为别的其他任何事或任何人，来阻碍我们前进的脚步，影响我们的成功。

被"冻"死还是被"吓死"

尼克在一家肉类加工厂上班，有一天下班了他还在清理一个有点问题的大冰柜，不知什么原因冰柜的门自动关上了，尼克被关在了里面。冰柜的门从里面无法打开，尼克在里面拼命地呼叫也没人回应，因为其他员工都已经下班回家了，没有人来帮助他。

尼克想了很多办法都无济于事，他沮丧地坐在冰柜的角落里。越想越害怕：冰柜里零下十几度，自己只能等到第二天同事上班的时候才能把门打开，那个时候自己已经硬的像冰柜里的冻猪肉一样了……

第二天，别的职员上班后打开冰柜的门，发现尼克已经死了，他蜷缩在冰柜的角落里，看起来很冷的样子。大家很惊讶，因为冰柜坏了，已经没有了制冷的功能，里面有十几度，也不缺氧，可是尼克却被"冻"死了！其实，他是被自己"吓"死的。

心灵感悟

很多时候，现实没我们想象中那么恐惧。如果一个人对生存失去希望，这种绝望和恐惧就足以毁灭一个人。

劣势转化为优势

一个小男孩在车祸中失去了左臂，成了残疾人，但是他很想去学习柔道，这是一个连健全人都很难学好的技艺。

他四处求学，四处碰壁，在经历无数次的拒绝之后，终于有一位柔道大师接纳了他。入学之后的3个多月里，师傅只教小男孩一招。这让小男孩很困惑，他忍不住问道："老师，这招我已经练了这么长时间了，已经掌握了，是不是应该开始学习其他招数？"老师摇了摇头："你只需要把这一招练好就够了。"小男孩觉得很委屈，不明白师傅为什么要这样做，但他还是听话地继续练了下去。

又过了3年，师傅带着小男孩去参加比赛，对手高大健壮，这让瘦弱且残疾的小男孩有些害怕。这时师傅鼓励他道："不要怕，师傅对你有信心，你一定会成功的。"虽然有了师傅的鼓励，但小男孩还是顾虑重重。

出人意料的是，最后小男孩胜出了，这个没有左臂只会出一招的小男孩竟然战胜了高大健壮的对手，这让小男孩自己都很惊讶。

"这是为什么呢，老师？"小男孩问师傅。

师傅解释道："第一，这是柔道中最难的一招，你用了几年时间去练它，几乎完全掌握了它的要领；第二，就我所知，对付这一招唯一的办法就是抓住你的左臂。"

心灵感悟

很多时候，劣势可以转化为优势，我们要学会扬长避短，这样才能因为劣势脱颖而出。

缺陷也是一种优势

夜深人静的时候，主人放在墙角的两只水罐开始对话。

完整的那只水罐嘲笑另一只："你和我一起来到主人家，我到现在还完好无损的，你看你，满身的裂缝，丑死了。"

身上有裂缝的那只水罐反驳道："这怎么能怨我呢，是小主人不小心把我摔了一下，我才变成这样的。"

完整的水罐又说："不管怎么说，我就是比你强。每次劳动时，我都能把水从远远的小溪边满满地运回主人的家里，而你呢？每次到家就只剩下半罐水了。"

完整的水罐说的没错，这让有裂缝的水罐哑口无言，委屈地哭了起来。主人听见水罐的哭声，俯下身去问："小水罐，你怎么哭了？"

小水罐回答说："我很难过，所以就哭了。"

主人问："你因为什么难过呢？"

"因为连续两年多，每当你

用我挑水时，水就会从我的裂缝里渗出，到家时只剩下半罐了。你们对我很好，我却没能让你得到足够的回报。"水罐答道。

听到这里，主人笑了起来："小水罐，你怎么会这么想呢？你可能不知道，在我的心中，你与它是一样的，甚至比它还要讨我喜欢。"主人指着旁边那个完整的水罐说。

小水罐惊讶地睁大了眼睛："不可能吧？这是为什么呢？"

主人起身从桌上拿来一瓶鲜花，让小水罐闻了闻，然后问它："这鲜花香不香？"

"香！"小水罐开心地回答。

"可是如果不是你，它们就不可能这么香。"主人说。

"因为我？"小水罐有些糊涂了。

"是啊，你没有注意到吗？咱们从小溪运水到家的小路两旁，长满了各色的鲜花。那些鲜花，都是因为你漏掉的水才得以生长、盛开的啊。这两年来，我一直从路边摘花来装饰我们的家，这不都是你的功劳吗？"主人笑眯眯地说道。

小水罐听了这番话，心里一下子充满了喜悦，并感到了自豪，虽然自己不是很健全，但是照样有用。

心灵感悟

万事万物没有完美无缺，但"存在即为合理"，如果我们能把眼睛从自身的弱处转移开去，你就会发现，缺陷有时也是一种优势，不完美可能也是一种财富。

境由心造

湖边住着一个虔诚的信徒，这天他在湖边的木屋中禁食祈祷，外面有几只牛蛙呱呱地吵得很凶。这让他很烦躁，想办法去充耳不闻，可都不得要领，解决不了问题。最后他只好推开窗户，大吼一声："闭嘴！没看到我正在祈祷吗？"

很奇怪，他吼了一声后，牛蛙立刻就不叫了。然而，他的心底却响起了另一个声音："说不定，牛蛙的叫声跟我吟唱祷告的声音一样，也能讨上帝的喜欢。"

这个声音让他有些惭愧，他赶紧探头伸出窗外，喝道："大伙继续唱啊！你们唱的很好听。"牛蛙整齐的合唱立时弥漫四周。他再侧耳细听，竟然不觉得吵了。他发现，一旦不再存心抗拒，牛蛙的叫声听起来竟然很悦耳，还能使寂静的夜晚增色不少。

心灵感悟

不是只有在顺境中才能成事，而是要有一颗全力以赴的决心。唯有自己才能为自己带来想要的东西，因为就连环境也能为我们的心情所改造。

第五章
再难也要笑一笑——
做一个睿智机敏的王子

咱们都错了

  火车上，旅客甲的手帕不见了。他说是坐在旁边的旅客乙偷走了。旅客乙觉得很委屈，可是无论他怎么辩解，旅客甲也不相信，两人差点大动干戈。

  车上其他的旅客把他们两人劝开了。但过了不一会儿，旅客甲在里边的口袋里找到了那块手帕。

  于是，他很不好意思地向旅客乙道歉。

  旅客乙余怒未消，冷冷地回答道："没有关系，刚才我把你当成一位绅士，而你把我当成一个小偷。看来，咱们都错了。"

心灵感悟

  不要轻易对别人产生怀疑，它会让你用有色眼镜看待周围的人。与人相处，应该保持真诚的情感。

失败的约会

比尔是个优秀的步兵，他参加过很多战争也得到过很多勋章，现在他光荣退伍了。

退伍后，朋友给他介绍了一个女朋友。在他们约会之前，朋友对他叮嘱再三："虽然你是个军人，但有些事情你必须听我的。第一，下车后要替你女朋友开车门；第二，她入座时你要帮她拉开椅子；第三，她说话时你要认真地看着她的眼睛；第四，她需要什么东西，你尽量在她动手之前抢先为她做好。"

"放心吧，没问题。"比尔爽快地说。

第二天，当朋友问起比尔约会的情况时，比尔垂头丧气地说："没戏了！"

朋友很纳闷，问道："她下车时，你没有替她开车门吗？"

比尔说："当然，她很高兴！"

朋友又问："她入座时你帮她拉椅子了吗？"

比尔说："是的，我帮她入座，她说我很绅士！"

朋友追问："那你在她说话时，东张西望了？"

比尔说："没有啊，我一直温柔地盯着她，她说我的眼睛很有魅力！"

朋友最后问："那你是不是在她需要某样东西时让她自己动手了？"

比尔十分沮丧地说："如果真是这样就好了。我们回家时，她说她口渴，我马上就跑去替她买来饮料。"

朋友十分不解："你做得很好呀！为什么会没戏呢？"

比尔解释说："出于多年的军队习惯，我一拉开饮料罐，就以为这是一颗手榴弹，向她砸了过去，然后自己就飞快地跑到草坪里躲了起来……"

心灵感悟

及时调整自己在生活中的角色，不要让过去影响到现在。聪明的人会明白自己在做什么，明白自己与以前有什么不同。从而让自己在不同的角色空间里自然过渡，收放自如。

永远不要和鼬鼠打架

一只鼬鼠向狮子挑战，要同狮子决一雌雄。狮子果断地拒绝了。

"你害怕我吗？"鼬鼠问。

"非常害怕，"狮子回答，"如果我答应你，你就可以得到曾与狮子比武的殊荣，而我呢？以后所有动物都会耻笑我竟然和鼬鼠打架。"

美国有一位年轻的作家，他创作了许多脍炙人口的作品，得到了不少读者的好评。有一天，这位作家和当地一位市侩因为生活琐事发生了矛盾，两人谁也不让谁——较上劲了。朋友劝作家不要和市侩一般见识，因为作家的时间宝贵，与其吵架，还不如把更多的时间用在写作上。但是作家难以释怀，他认为那位市侩污辱了他的人格，破坏了他的声誉，他必须要战胜他，必须要让他心服口服。从此，作家与这位市侩针锋相对，不断发生冲突和摩擦。这位市侩越来越有名，而这位作家从此再没心思去创作，也没有写出令人满意的作品。多年之后，许多人已记不得曾经有这样一位作家了。

心灵感悟

追求的目标越高，才力就发展的越快，对社会就越有益，相反则会成为一个无足轻重的小角色。如果你在生活中也遇到这种挑战，一定要学学狮子，不要硬碰硬，以幽默化解彼此间的矛盾，这不是软弱，而是保全自己的明智选择。

迂腐的道学先生

在我国宋朝的时候，人们说"道"学"道"成了一种时髦，很多人都争着模仿道学家的风度。

有一位道学先生到城里去，大模大样地弓着腰，背着手，小心地踱着四方步，每一小步都中规中矩，不超过规定的角度和距离。没走多久，便觉得腰酸背痛，疲惫不堪。

他前后左右张望了一番，回头小声问仆人："看看后头有没有人？"

仆人说："没有一个人。"

听到仆人这样说，这位道学先生直起腰杆，长吁一口气，撩开大步，放肆地走起来。

还有一位道学先生正在路上缓步行走，忽然乌云翻滚，下起倾盆大雨，这位先生慌忙奔跑。跑出一里多路，忽然他"哎呀"一声，脸上露出悔恨不已的神情，不过很快又笑着安慰自己说："不好，我失足了，不过，君子知过便改，为时不晚。"

于是，他冒雨回到刚才起跑的地方，又开始一步步地缓缓踱将起来。

心灵感悟

任何学问，如果只是一套虚伪、僵死的教条，都是不值得学习的。

谁更笨

一天晚上，两个英国男子在一起相互谦虚自己的儿子有多笨。他们谦虚到了极点，生怕对方不相信自己的儿子才是最笨的，最后竟然争吵了起来，于是他们决定用事实来证明。

"儿子，过来。"第一个人说，"杰克，我给你一英镑，现在进城去给我买一辆劳斯莱斯汽车。"于是杰克拿着钱进城去了。

"这算什么！让你看一看我儿子有多笨吧！"第二个人说，"来，我的儿子，彼得，现在进城到弗兰克酒店看看我是不是在那里。"于是彼得也进城去了。

在路上，杰克与彼得相遇。他们开始说自己的父亲有多傻。

"你说我爹傻不傻？"杰克说，"他刚才给了我一英镑让我去买辆劳斯莱斯，可再笨的人也知道现在所有的商店关门了呀！"

"这算什么！"彼得说，"我爹才真是蠢到了极点。他刚才打发我去弗兰克酒店看看他是否在那儿。其实他自己给酒店打个电话不就可以马上知道了吗？"

心灵感悟

两个父亲自以为对傻儿子的戏弄聪明有趣，可他们哪知道自己在儿子的心里其实更蠢。这教育我们，在我们嘲笑他人时，说不定我们在他人的眼中也不过如此。

不会开枪的猴子

一只猴子在猎人遗弃的木屋里发现了一支老旧破烂的猎枪。猴子曾经遭遇过这支猎枪的射击，知道这种玩意有多厉害，凶猛的老虎，残忍的狼和力大无穷的熊都惧怕它。于是，猴子欣喜若狂地把枪扛在了肩上。

猴子觉得自己瞬间威武了许多，它趾高气扬地在山林中绕了一圈，动物见了没有不俯首称臣的，这使它胆子更壮了，它扛着枪闯进了一座城市。

这只不可一世的猴子一出现在喧闹的大街上，它滑稽的模样，逗得围观的人哈哈大笑。猴子见人非但不怕它，而且还拿自己开心，特别恼火，便把枪口对准了人群。但就在此时，它猛然想起一个最关键的问题——它不知道怎么开枪。猴子于是彻底绝望了，垂头丧气地把枪扔在地上，仓皇逃离城市，回到了属于它的山林。

心灵感悟

任何时候，都要记住自己的身份，不要忘了自己是谁，否则只会被人当成笑柄。

美丽却骄傲的小孔雀

小孔雀有一身漂亮的羽毛，羽毛颜色亮丽，摸起来光滑柔和，让别的小动物都羡慕。小孔雀为此很骄傲，对其他小动物一点都不友好，还时常讥笑一些羽毛普通的小鸟，所以大家都不喜欢她，谁也不愿意和她玩儿。

一天，小孔雀悠闲地在湖边散步。她走着走着，看着自己映在湖水中的影子，停下了脚步。"我那样漂亮，高贵优雅，有谁能比得上我呢！"小孔雀心里美滋滋地想。

这时，一只青蛙游了过来，"漂亮的孔雀，我想和你做朋友！"青蛙说。

小孔雀看到青蛙全身绿油油的，嘴巴那么大，丑死了。于是很不屑地说："你那么丑，我才不跟你交朋友呢！"小青蛙很难过地游走了。

心灵感悟

小孔雀因自己长得漂亮就瞧不起其他外貌平平的动物，既没有修养又交不来朋友，多愚蠢啊！人不可貌相，评价一个人的好坏，仅仅看长相是不对的，每个真正的王子都不会犯这样的错误。

又过了一会，一只小乌龟游了过来，对孔雀说："孔雀小姐，我很喜欢你，我们交朋友，好吗？"

"你背着那么丑陋的一个壳子，头那么小，我才不跟你交朋友。"小孔雀依然高傲地说。小乌龟伤心地游走了。

小孔雀就这样，独自一人在湖边对着湖面，照来照去，欣赏自己的美丽。突然，一个不小心掉到了水里，"救命啊！"小青蛙和小乌龟都听到了小孔雀的叫声，他们一起赶来救小孔雀。小孔雀被救起来，她满怀感激地说："你们有一颗善良的心，我们交朋友吧！"

"鱼"字怎么写

有个人不知道"鱼"字怎么写，就跑去问别人，别人在纸片上写了一个"鱼"字给他看。

这个人拿着纸片左看右看，然后坚定地摇摇头说："这肯定不是'鱼'字，一点都不像，这个字头上长着两只角，肚皮下面还有四条腿。水里游的鱼，哪里会长角生腿呢？肯定不是'鱼'字。"

别人被弄得哭笑不得，只好问他："如果不是'鱼'字，那你说是什么字呢？"

他歪着脑袋又端详了半天，才说："长角生腿的，一定是在陆地上行走的动物。究竟是什么字，要看'鱼'字写得大小，才有定准。"

"那如何定准呢？"

"要是'鱼'字写大些，一定是牛字；写中等些，肯定是鹿字；如果字写得细小，就是只羊了。"

心灵感悟

　　学习要有科学的态度，来不得半点虚伪和骄傲。在学习上，不下苦功，只凭想当然，没有任何事实根据地去推测，这是很不可取的，也学不来什么知识。

小螳螂学手艺

小螳螂长得高大威武，他认定自己长大了一定能成就一番大事，所以有些骄傲，对谁都看不上眼。

一天，妈妈对小螳螂说："你长大了，应该考虑一下以后干什么，现在要学习一些本领好为将来做准备。"

小螳螂骄傲地说："我将来要当个英雄，我手里有两把大刀，我要去练武！"

"好！有志气！"妈妈把他送到全市最知名的武术教师猴先生那里学习武艺。

小螳螂一点也不知道谦虚，非要跟猴先生比试比试武艺，才肯拜师学艺。猴先生就让他最小的徒弟小猴强强和小螳螂比武。

没想到强强的猴拳很厉害，他三拳两脚就打伤了小螳螂的一条腿，这让小螳螂有些沮丧。

小螳螂被送进医院疗伤，猴先生安慰他说："孩子，好好养伤，等你的伤好了，我再教你学习武艺。"

小螳螂红着脸说："老师，对不起！我觉得自己不太适合学武艺，我想改行学木匠。"

养好了伤，小螳螂拿着两把大刀到木匠熊先生家里拜师。熊先生见小螳螂手中的两把大刀像锯子，就收下了他。

熊先生对小螳螂说："首先，你要学会用你手中的两把锯子。现在，我们就开始练习吧！你先把这几块木板锯开。"

小螳螂用自己手中的锯子，锯呀锯呀，锯了半天，也没有锯开一块木板。

熊先生有些不不耐烦了："你是怎么搞的？这么不认真，装样子可不行啊！"

"老师，我想我干不了木匠活儿。"他向熊先生告辞，垂头丧气地往家走去。

螳螂妈妈正在田野里捉虫子。她一眼看见儿子，高兴地迎了上去，说："孩子，你学到了什么本领？"

小螳螂说："妈妈……我什么也没有学到，还是跟您学习捕虫吧！"

妈妈听了儿子的诉说后，没有急着去责备小螳螂，而是说："这样也好，你要是成了捕虫能手，也会很有出息的！"

从此，小螳螂专心跟妈妈学习捕虫，终于成为一名捕虫能手。

心灵感悟

学一样适合自己的本领，干一行适合自己的工作，在生活中找到适合自己的位置，这才是真正的成功！

等你心平气和再说吧

　　从前有一个农夫，因为一件小事和邻居争吵起来，他气呼呼地去找牧师断定是非。

　　农夫见到牧师，正要讲述邻居的不是时，被牧师打断了："我现在有事，明天再说吧。"

　　第二天一大早，农夫又愤愤不平地来了，不过，显然没有昨天那么生气了。牧师地说："等你心平气和后再说吧！"

　　接下来的几天，农夫没有再来找牧师。有一天牧师在前往布道的路上遇到了他，微笑着问对方："现在你还需要我来评理吗？""我已经心平气和了！"

　　牧师说："这就对了，我不急于和你说这件事情，就是想给你思考的时间让你消消气啊！记住：任何时候都不要在气头上说话或行动。"

心灵感悟

　　保持平和心态，稍稍耐心等待一下，愤怒就会悄悄过去。

　　人是有感情的，表达情绪无可厚非。但是，如果不加控制地任意表达，就成了一时冲动的宣泄，而此时冲动者就成了一个最软弱、最容易被打败的人。

我是来接电话线的

一位年轻律师在一条繁华的街道上新开了一家律师事务所，他花了很多钱去装修他的事务所。又买了一架豪华的电话机，作最后的装饰。

秘书报告一个顾客来访，对于首位顾客，年轻律师按规矩让他在候客室等了一刻钟。而后让顾客进来时，律师为了给顾客留下很繁忙的印象，他拿起了电话听筒，假装回答一通极为重要的电话："可敬的总经理，价格的底线我已经说得很清楚了，再这样聊下去，只是浪费彼此的时间罢了……当然，我知道，好的……如果您一定要坚持的话……可是您要明白，低于1000万我不可能接受……好，我同意……以后再连络，再见。"

他终于挂上了电话，门口那位站着不动的顾客，看起来好像很尴尬。

"请问，您有什么事？"律师微笑着问这位局促不安的客人。

客人犹豫了半晌，才低声说道："我是技术工人，我是来给你接电话线的。"

心灵感悟

人与人之间的相处，应该真诚，要以诚相待，如果因为你的虚荣心作祟就弄虚作假，待到真相揭开，会令双方都感到尴尬。

员外的笨儿子

有一个员外，他很有学问，却有一个笨儿子，尤其是和别人谈话的时候，常常闹出笑话。

一天，员外收到岳父捎来的来信，说近日要前来探望。可他已经有别的事情，岳父来的这段日子，自己正好不在家。于是，他把儿子叫到身边，在出门前事先教儿子如何回答外公的问题，并交代他一定要牢牢记住。

问：家门前的石狮子是哪位石匠雕的？

答：小小畜生，何劳询问。

问：你父亲去了哪里？

答：上山与名僧下棋。

问：什么时候回来？

答：早则日暮，迟则与僧同宿。

问：壁上挂的是什么画？

答：唐朝古画。

问：桌子上放的是什么物体？

答：传家之宝，一代一个。

父亲走后，笨儿子不停地背诵着父亲教给自己的回答，很快便熟记在心了。第二天，员外的岳父如期而至。

问：你父亲呢？

答：小小畜生，何劳询问。

问：你母亲呢？

答：上山与名僧下棋。

问：什么时候回来？

答：早则日暮，迟则与僧同宿。

问：你都讲的是什么呀？

答：这是唐朝古画。

问：太可笑了！简直是个活宝，都是谁教你的？

答：这是传家之宝，一代一个！

心灵感悟

现实生活中可能没有如此生硬的笑话，但也不乏此类之人。这些人只会一味地生搬硬套，不懂得融会变通，灵活运用，很难成就大业。

被刺猬惊吓的老虎

有一只老虎在森林里寻找食物，看见地上有一只刺猬正懒洋洋地仰卧着晒太阳，老虎看到刺猬圆乎乎的，以为一定很美味，馋得直咽口水，急不可耐地咬了上去。刺猬受到惊吓，突然竖起全身的尖刺，死死地扎在老虎的鼻子上。老虎大吃一惊，顾不上吃了，可甩也甩不掉，痛得嗷嗷怪叫，狂奔乱跳，逃进深山。

老虎跑得筋疲力尽，便一头倒在地上，昏睡过去。刺猬趁机松开，跑进草丛里藏了起来。老虎清醒过来，发觉鼻子上那个可怕的东西不见了，顿时高兴极了。

它走到一棵大橡树下，想在那里休息一会儿，无意中看到满地落着一团团的橡籽，个个都是浑身硬刺，吓得它倒退几步，侧着身体仔细打量起来。

它看到这些刺团同刚才那个东西差不多，只是个头小些，恐怕是那个东西的儿子吧？如果是的话，那可就要遭殃了，还是得赶紧逃命。

于是，老虎恭敬地对这些小刺球说："我刚才碰见你们的父亲大人，我领教过他的厉害了，希望你们也高抬贵手，让我过过身吧。"

受到挫折或灾祸后不应该产生畏惧的心理，但也应该"吃一堑，长一智"，总结挫折和失败的经验教训之后，继续前进。

报以友善，就会有不同的遭遇

一只流浪狗偷吃了一户人家桌子上的食物，被这家的男主人一路追打。流浪狗一路猛跑，仓皇逃跑闯进了一间四面都镶着玻璃镜的屋子，这才摆脱了那人的追赶。

可是，在这个房间里，极其狼狈的流浪狗看到很多只狗同时出现在这个屋子里，它大吃一惊，也有些不满，于是便冲着镜子里的狗龇牙咧嘴，还示威性地发出阵阵怒吼声。而镜子里的狗看起来也很生气，每只狗都以同样龇牙咧嘴的表情向流浪狗表达自己的愤怒和不友好。

看到所有的狗都龇牙咧嘴地朝自己怒吼，流浪狗十分恐惧，它开始不知所措起来，它绕着屋子乱跑。可是它发现，镜子中的那些狗也跟着它一起乱跑，好像疯了一样。流浪狗害怕极了，它担心它们一起朝自己发动进攻，于是夹着尾巴逃出了这间屋子。以后，它再也不敢进入到这个房间来。因为在这里，它觉得自己得到的只有敌意，没有一点友好和温暖，这让它很难过。

还有一只流浪狗，一天为了躲避风雨的袭击，无意之中也闯进了这间四面都镶着玻璃镜的屋子。这只流浪狗进到屋子里看到有那么多的狗，觉得自己突然多了这么多的伙伴，感到很高兴，它认为自己以后再也不孤独了。它朝着镜中的其他狗友好地摇了几下尾巴，然后它发现，镜子中所有的狗也朝着自己友好地摇了摇尾巴。这个时候这只流浪狗又冷又饿，可是因为有了这么多的新伙伴，它从内心深处感受到了过去从未有过的温暖。

　　这只流浪狗在这个屋里美美地睡了一觉，第二天，屋外雨过天晴。看到外面明媚的阳光，有了更多"伙伴"支持的流浪狗觉得自己充满了力量，它充满信心地出外寻觅食物，很快就寻找到了很多食物。而且，从那天以后，这只流浪狗几乎每天都要来到这间无人居住的屋子里休息一段时间，顺便也看看自己那些"友好的伙伴"。

心灵感悟

　　人与人之间的交往也是如此，你能友善地对待他人，周围的人必然也会回报给你同样的友善。

磨刀不误砍柴工

有一个工人在一个伐木厂找到了一份不错的工作。他决定认真做好这份工作，好好表现。上班第一天，老板给了他一把斧子，让他到人

工种植林里去砍树，这个工人卖力地干了起来。一天时间，他不停地挥舞着斧子，一共砍倒了 19 棵大树。老板满意极了，夸他干得不错。工人听了很兴奋，决定工作要更加卖力，以感谢老板对他的赏识。

第二天，工人拼命工作，他的腿站久了又酸又疼，胳膊更是累得抬不起来了，可是这样拼命，却并没有带来更好的结果。他觉得自己比第一天还要累，用的力还要大，可第二天却只砍倒了 16 棵树。

工人想也许我还不够卖力，如果我的成绩一直下降，老板一定会以为我在偷懒，所以我要更加卖力才行。第三天，工人投入了双倍的热情去工作，直到把自己累得再也动不了为止。可是，让他失望的是，他只砍倒了 12 棵树。

工人是个很诚实的人，他觉得太惭愧了，拿着老板给的高薪，工作却越来越差劲。他主动去向老板道歉，说明了自己的工作情况，并检讨说，"我真是太没用了，越卖力干得越少。"老板问他："你多久磨一次斧子？"工人一听愣住了，他说："我把所有的时间都花在砍树上了，哪里有时间去磨斧子啊？"

心灵感悟

　　埋头苦干是很好的做事态度。但不是埋头苦干就一定能取得好的结果。因为，想要做成事，更要注意做事的方式和方法。

到底是谁杀了陈佗

有一个人想拜见县官求个差事。为了投其所好，他事先找到县官手下的人，打听县官的爱好。

他向县官的随从问道："不知县令大人平时都有什么爱好？"

"县令无事的时候喜欢读书。我经常看到他手捧《公羊传》读得津津有味，爱不释手。"随从告诉他说。

这个人把县令的爱好记在心里，胸有成竹地去见县官。县官问他："你平时都读些什么书？"

"别的书我都不爱看，一心专攻《公羊传》。"他连忙讨好地回答说。

县官接着问他："那么我问你，是谁杀了陈佗呢？"这个人其实根本就没读过《公羊传》，不知陈佗是书中人物。

他琢磨了半天，以为县官问的是本县发生的一起人命案，于是吞吞吐吐地回答："我平生确实不曾杀过人，对于陈佗被杀之事更是一无所知。"

县官一听，知道这家伙并没读过《公羊传》，才回答得如此荒唐可笑。县官便故意戏弄他说："既然陈佗不是你杀的，那么你说说，陈佗到底是谁杀的呢？"

这人见县官还在往下追问，更加惶恐不安起来，吓得狼狈不堪地

跑出去了，连鞋子也来不及穿。别人见他这副模样，问他怎么回事。

　　"我刚才见到县官，他向我追问一桩杀人案，我再也不敢来了。等这桩案子搞清楚后，我再来吧。"他边跑边大声说。

心灵感悟

　　一个人应该用诚实、谦虚的态度去对待知识，对待别人。不懂装懂、自欺欺人的做法不但会贻笑大方，还会妨碍自己取得进步。

才子"下海"

一位智商一流、扰有大学文凭的翩翩才子决心"下海"做生意。

有朋友建议他炒股票，他豪情冲天，但去办股东卡时，他又犹豫道"炒股有风险啊，等等看。"

又有朋友建议他到夜校兼职讲课，他很有兴趣，但快到上课了，他又犹豫了："讲一堂课，才20块钱，没有什么意思。"

他很有天分，却一直在犹豫中度过。两三年了，一直没有"下"过海，碌碌无为。

一天，这位"犹豫先生"到乡间探亲，路过一片苹果园，望见满眼都是长势苗壮的苹果树。禁不住感叹道："上帝赐予了一块多么肥沃的土地啊！"种树人一听，对他说："那你就来看看上帝怎样在这里耕耘吧。"

心灵感悟

世界上有很多人光说不做，总在犹豫；有不少人只做不说，总在耕耘。可是成功与收获只光顾那些有了成功的方法并付诸于行动的人。

"幽"了上帝一"默"

一个财迷的伯爵老爷死后进了天堂，上帝盯着他的脸凝视了一会儿，然后慢慢地说道："你在人间的贪欲太多了，你的贪欲到底有没有完全清除干净，只有试验一下才能知道。如果你能够通过试验，就可以留在天堂享福；如果通不过，就只能下到地狱受苦。"

伯爵老爷说："我想知道怎样做试验。"上帝回答："你要走一条悬在空中的绳索。在走的时候，如果你心中不想财产的事，你就胜利了；如果你分心去想那些财产的事，哪怕只是想一下，你也会马上从绳索上掉下去。"

这时，一条绳索在空中拉了起来。上帝让伯爵老爷从绳索的一端走到另一端，上帝则走在后面，亲自监督他。

伯爵老爷拼命忍耐着不去想留在人间的财产，因为他害怕掉下去。等走到一半的时候，他回头去看上帝，但是没有看到。原来，不知什么时候，上帝走神看到了人间的信徒在进贡，结果就从绳索上掉下去了。

心灵感悟

教育别人总是容易的，而自己要真正做到就不那么容易了。所以，很多时候，加强自我修炼，强化自律，对人生来说，也是一个重要的课题。

两只老虎

有两只老虎，一只在笼子里，一只在野地里。

在笼子里的老虎三餐无忧，在外面的老虎自由自在。两只老虎经常进行亲切的交谈。

笼子里的老虎总是羡慕外面老虎的自由，外面的老虎却羡慕笼子里老虎的安逸。一日，一只老虎对另一只老虎说："咱们换一换。"另一只老虎同意了。

于是，笼子里的老虎走进了大自然，野地里的老虎走进了笼子里。从笼子里走出来的老虎高高兴兴，在旷野里拼命地奔跑；走进笼子里的老虎也十分快乐，他再不用为食物而发愁。

但不久，两只老虎都死了。

一只是饥饿而死，一只是忧郁而死。从笼子中走出的老虎获得了自由，却没有同时获得捕食的本领；走进笼子的老虎获得了安逸，却没有获得在狭小空间生活的心境。

心灵感悟

许多时候，人们往往对自己的幸福熟视无睹，而觉得别人的幸福却很耀眼。可是，很多时候，别人的幸福也许不适合自己。

林肯的能言善辩

　　林肯在从政之前是一名律师，他除了拥有令人敬仰的高尚品德，还具有机敏善辩的口才。不过，林肯从来不以与人争辩为能事，而总是能够以理服人、以情感人，这正是他的过人之处。

　　一次，作为参议员的林肯在不得已的情况下出席了在某城市举办的报纸编辑大会。大会主持人表示要让林肯在会上发言，于是林肯就用一种十分巧妙的方式表明了自己不合适出席这次会议的观点，他说：

　　"有一次，我在森林中遇到一位骑马的妇女。我站住让路，可她也停了下来，目不转睛地盯着我的面孔看，她说：'我现在才相信你是我见过的最丑的人了。'我说：'你大概讲对了，但是我又有什么办法呢？'她说：'当然你一生下来就这副丑相，是没有办法改变的，但你还是可以呆在家里不要出来嘛！'"

林肯巧妙地用一个故事幽默地表达了自己的谦逊，同时也表明了自己的观点，而且还没有令邀请他出席大会的人感到尴尬。如果没有过人的机智，是不会达到这种效果的。

心灵感悟

　　真正的能言善辩离不开机敏的才智和灵活的应变。如果缺乏头脑，纵然说话时滔滔不绝也不能达到良好的效果，反而会使聆听者感到聒噪和厌烦。所以在说话之前，最后先动心、动脑，再动口。

骑在虎背上的年轻人

从前，有一个青年要到一个村庄去办事，途中要经过一座大山。临行前，家人嘱咐他：遇到野兽也不必惊慌，爬到树上，野兽便奈何不了你了。

年轻人牢记在心，一个人上路了。

他小心翼翼地走了很长时间，并没有发现有野兽出现，看来家人的担心是多余的了。他放下心来，脚步也轻松了几分。正是这时，他突然看到一只猛虎飞奔而来，于是连忙爬到树上。

老虎围着树干咆哮不已，拼命往上跳。年轻人本想抱紧树干，但却因为惊慌过度，一不小心从树上跌了下来，刚好跌到猛虎背上。他只得抱住虎身不放，而老虎也受了惊吓，立即拔腿狂奔。

另外一个路人不知事情的缘由，看到这一场景，十分羡慕，赞叹不已："这个人骑着老虎多威风啊！简直就像神仙一般快活。"

骑在虎背上的年轻人真是苦不堪言："你看我威风快活，却不知我是骑虎难下，心里惶恐万分，怕得要死呢！"

心灵感悟

当我们看到一些人似乎威风八面，心里羡慕不已，岂不知他正愁苦不堪，不知所措。所以，生活中不要盲目地羡慕别人，而要真实地生活在自己的世界里。

只有自己才能帮助自己

查理的工厂倒闭了，他的事业一败涂地。他感到灰心极了，在街上百无聊赖地走着，不知道自己该怎么办，不知道自己人生的方向在哪里。他想要从亲友那里筹措资金东山再起，可是亲友们不肯向他伸出援手。绝望的查理走进了酒吧，把自己灌得大醉。人们开始嫌恶他，在所有人的眼中，查理都是一个失败者。查理也认为自己的人生就此完结了，他放弃了努力。

有一天，查理听到别人说，有一位智者能够帮助他。查理心里又有了一丝希望。于是，他找到了智者，诉说了自己的苦闷，然后满怀希望地请求智者帮助他走出困境。智者惋惜地说："年轻人，很遗憾，我也帮不了你。"

查理听到这样的话，感到最后的一丝希望也破灭了。他想到了自杀，因为结束生命是唯一的解脱方法。正在他颓丧地转身准备离开的时候，智者叫住了他，说："虽然我帮不了你，但是我知道一个人可以帮助你。"查理大喜过望，忙问："那个人是谁？他在哪里？"智者笑笑说："你跟我来。"查理被带到一面镜子前，智者指着镜中的人对查理说："只有镜子里的人可以帮助你。你想要成功首先要认识这个人，这是唯一一个有能力帮助你成就事业的人。"

查理呆呆地注视着镜子里的自己，若有所悟。等到查理再次来到智者面前时，他已经成为了另外一个人：笑容满面、神采奕奕。他告诉智者，他终于认识到自己的力量。凭借自己的努力，他已经重建了自己的事业。

心灵感悟

　　在这个世界上，唯一能够搭救你的人，就是你自己。你想要自己快乐，你就能快乐。因为你可以决定自己的心灵，控制自己的思想。

不能分享，才是最大的惩罚

有一个故事，说一位犹太教的长老，酷爱打高尔夫球。

在一个安息日，他觉得手痒，很想去挥杆，但犹太教义规定，信徒在安息日必须休息，什么事都不能做。

这位长老却终于忍不住，决定偷偷去高尔夫球场，想着打9个洞就好了。

由于安息日犹太教徒都不会出门，球场上一个人也没有，因此长老觉得不会有人知道他违反规定。

然而，当长老在打第2洞时，却被天使发现了，天使生气地到上帝面前告状，说某某长老不守教义，居然在安息日出门打高尔夫球。上帝听了，就跟天使说，会好好惩罚这个长老。

第3个洞开始，长老打出超完美的成绩，几乎都是一杆进洞。长老兴奋莫名，到打第7个洞时，天使又跑去找上帝：上帝呀，你不是要

心灵感悟

生活需要伴侣，快乐和痛苦都要有人分享。没有人分享的人生，无论面对的是快乐还是痛苦，都是不完整的。

惩罚长老吗？为何还不见有惩罚？上帝说：我已经在惩罚他了。

直到打完第 9 个洞，长老都是一杆进洞。因为打得太神乎其技了，于是长老决定再打 9 个洞。天使又去找上帝了：到底惩罚在那里？上帝只是笑而不答。

打完 18 洞，成绩比任何一位世界级的高尔夫球手都优秀，把长老乐坏了。天使很生气地问上帝：这就是你对长老的惩罚吗？

上帝说：正是，你想想，他有这么惊人的成绩，以及兴奋的心情，却不能跟任何人说，这不是最好的惩罚吗？

效率并不是看起来这么简单

在一个小山村里，一位母亲辛辛苦苦养大了自己的儿子，并送儿子上了大学。当儿子大学毕业参加工作的时候，母亲也已经白发苍苍了。能自己独立工作挣钱的儿子开始寄生活费和保姆费给自己的母亲。

一开始，他的收入并不高，于是每个月除了自己的生活开销以外，余下的工资都按时寄给母亲。后来，他职位提升，工作越来越忙，变成了一季度寄一次钱给母亲，钱的数目也在一点点增加。再后来，寄钱的时间变成了半年。最后，也许是考虑到效率问题，儿子给母亲寄钱的时间变成了一年一次。

可是，当儿子一次性寄出了母亲全年的生活费和保姆费后，却收到了母亲的一张汇款单。母亲只接受了一千元钱，剩下的又全部寄回来了。随同汇款单寄出的，还有一封信。儿子有些奇怪，便连忙打开信看。

在信上，母亲说：以前，每次收到你的汇款单，我和村里的邻居们都要高兴好几天。每一个月，我们都等待着这样的欢喜和满足。我退回去的钱，希望你每月寄一点，这样，每个月我们都能够高兴一阵子。

儿子恍然大悟。同样多的钱，如果自己每个月都寄出一部分，带给母亲的欢乐将会大大增加。尽管自己花的时间多一点，但对于母亲来讲，快乐和心理的满足是难以用时间来计算的。而如果自己一次性寄出所有的钱，虽然减少了麻烦、提高了效率，但对于母亲来说，快乐的次数便大大减少了。

心灵感悟

有时候，效率并不是从简单的表面现象来看的。对于能够产生出更大的心灵满足的情况来说，效率就显得不那么重要了。

等待等不来幸福

有两个追求幸福的穷苦青年，经过艰难的跋涉，终于在一个很远的地方，找到了幸福使者。

使者见他们都有一颗善良的心，便给了他们每人一颗幸福的种子，一青年回去后，将种子撒在自己的土地里，不久他的土地里就长出了一颗树苗，他每天辛勤地浇灌，第二年枝繁叶茂，果实挂枝头。他继续努力，渐渐拥有了大片的果园，成了远近闻名的富足之人。他娶了妻子，有了儿子过上幸福生活。

另一青年回去后设了一个神坛，将幸福的种子供在上面，每天虔诚地祈祷，青年把头发都熬白了，却仍然一贫如洗。他十分生气不解，又跋山涉水来到幸福使者面前，抱怨使者骗他。幸福使者笑而不答，只让他到另一青年那里看看。

当他看到大片的果园时，顿时醒悟，急忙回去将那颗种子埋在土里，但幸福的种子已被虫蚀空，失去了生命。

心灵感悟

任何成功都是靠辛勤的努力获得的，只有努力，才能开花结果，而不是等来的，聪明的王子即使在最难的时候也知道幸福要靠自己创造。